喚醒你的英文語感！

Get a Feel for English !

喚醒你的英文語感！

Get a Feel for English !

口譯大師的
One to One

數字跟讀課

🔊 13,200,000

郭岱宗 教授 著

Off   On/C

m
Yds
Conv
Stor
Rcl
M+

貝塔語言出版
Beta Multimedia Publishing

RT 語言測驗中心
Language Testing Center

學習做自己
的口譯員

　　我們學英文，無論是聽或說，速度都得跟的上。對我們每位以中文為母語的人而言，「聽」英文，其實就是在腦中把英文即刻「譯」為「中文的思緒」；「說」英文，則是把腦中的中文思緒即刻「譯」為英文表達出來。因此，**無論是聽英文或說英文，其實都是在為自己做口譯。**有了這樣的理解，就有兩個重要的認知：一、既然「聽」、「說」英語都經過無形的「翻譯」，那口譯亦不遠矣；二、英文要學，就得學得非常溜，要能做自己的口譯員，才能溝通無礙！

　　「口譯大師的 One-to-One 系列」旨不在於訓練口譯員，其真正目的在於幫助有心學好英文的讀者，**把英文練得「溜」：說得快、聽得也快；**更重要的是，**說得正確、聽得也正確！**本系列套書的訓練重點有三：

　　一、英文要行，單字須「即要即到」；
　　二、英文要好，句子要「順地不得了」；
　　三、英文要棒，發音要正確，語調則有若行雲流水，快慢自如、自在優雅！

　　本系列套書不是讀本，其目標在於使讀者**跳脫閱讀的氛圍，能立即用標準的英文說出所讀到的內容，**且不但說得出來，還說得漂亮又流利無比！

因此，我秉持這樣的理念，將「口譯大師的 One-to-One 系列」規劃為下列學習進程：

❶ 字正腔圓：先練就優美而道地的口音，以免一開口，再好的英文造詣也要大打折扣！

❷ 基礎跟讀：使用較短的句子，為跟讀打下基礎，漸漸進入中階跟讀，習慣說長句子。其中，同時須著重語調、連音、消音的學習，三者缺一不可，徹底趕走中式英文。

❸ 進階跟讀：逐漸由長句子進入高階跟讀，練習說出成段的文句，目標在使讀者能輕鬆、流暢地表達一個完整的思緒。

❹ 文法跟讀：我們如果只能「寫」對文法和「讀」出文法，英文並不及格。**再複雜的文法，都必須能夠立刻輕鬆地「說」出來，才算學得夠好。**

❺ 數字跟讀：因為中英文數字單位不同，所以英文的「數字」向來是我們的一大弱點，透過這個階段的練習，可以使英文數字很快地成為你的強項之一，對英文會話和專業口譯都有莫大的助益。

❻ 做自己的口譯員：包括「跟讀 + 同步口譯」以及「跟說 + 同步口譯」這兩個階段，我們應該可以在任何時地，當腦中想著中文的同時，口中就可以自然、流利地說出英文。至此，口譯訓練其實已經水到渠成，好好跟著我學，自然進入口譯的世界。讀者若有心朝專業口譯員發展，可繼續學習我的「同步翻譯」系列。

為什麼要接受「跟讀」訓練？它就像一個大人牽著一個孩子的手，由蹣跚學步開始，一路拉著他，讓他穩穩地學會走，再到會跑、會跳！

在我的英語「聽、說、讀、寫、譯、思、辯」的教學中，無論是哪一環，「跟讀」(shadow reading)，和「跟說」(shadow speaking) 都是極重要的一個訓練，它快速而有效地破除我們學英語一定會遇到「聽」和「說」這兩大瓶頸，並大幅提升兩者的速度。**外國小朋友的英文怎麼說得那麼流利、那麼好聽？因為他們自牙牙學語開始，就天天跟著父母做 shadowing。**

Shadowing 是英語會話和口譯教學中絕對不可或缺的一項。以個人為例，我在課堂上一直不斷地帶著學生跟著我一字、一句、一段落唸英文、說英文，並在每一句跟讀之後，立刻做相關的即席口譯練習，因此，學生不但可以立刻口說英文，而且很快就能流暢地口譯。事實證明，如果讀者只學跟讀而遠離口譯，其實是非常可惜的，因為**口條順了，口譯就不遠了！**

因此，本系列套書所提供的方法和一般認知的跟讀略有不同，我不只希望讀者能夠**看著英文，就能自己流利地讀出優美的英文**，甚至能夠**「看著中文」，而跟著我一起「說出英文」**。到達這個境地，各位知道嗎？恭喜你！你已經在做口譯了！

總之，學英文的人要有一個起碼的自我期許，**我們不一定要做職業口譯員，但是至少要能夠做「自己」的口譯員，使「英語溝通」成為我們工作或生活上超越他人的強項！**

暢讀英文數字的重要

許多人說英文或聽英文時，碰到數字就顯得猶豫，不但聽得慢、說得慢，也容易出錯。這個現象在口譯時更突顯。

英文要學得好，必須是全面性的。我多年前即呼籲，「聽、說、讀、寫」是基本功夫，使我們在這地球村中，溝通無礙；而「思」、「譯」、「辯」則使我們在職場中，所向無敵！其中，數字就是相當重要的一項。

中文和英文的數字，因為單位不同，所以轉換時會讓人感到吃力。時至今日，我們尚沒有一個完整而徹底的英文數字訓練教材，因此我寫了這本《數字跟讀課》，專門針對我們英文「數字」這一項弱點，提供對生活英語及口譯有用的數字訓練，並在會話中自然地帶出來。

三步驟熟練英文數字

每一課大致上都分為四個環節：首先帶著讀者熟悉數字，然後將之融於句子，帶著讀者和我一起唸，接著挑戰難度較高的運算口說。最後還有習題，讓讀者自我測試。

各位在學習時，務必眼睛緊盯著中文，耳朵聽著 CD，然後跟著我讀出它相對的英文數字，之後要隨我唸出句子。最後，一定要聽著 CD 做習題。當各位讀完這本《數字跟讀課》後，在於英語會話中使用數字時，就不會再遲疑了！

祝福各位！

郭岱宗

於淡江大學

CONTENTS 目錄

STEP 3：加值篇

1. 基本跟讀與應用跟說 ⊙ Track 02

做跟讀（shadow reading）練習時，請不要等郭教授說完才 repeat，而是**一字一字地跟著讀，並請模仿郭教授的發音和語調**。

而在進行應用跟說（shadow speaking）訓練時，**請仔細聆聽 CD，試著第一個字一出現，即立刻跟著說出英文來**。剛開始這道功夫或許有點難，但是請務必遵守練習方式、不要取巧，盡力跟上速度。若速度跟不上或覺得自己唸得不夠好，請隨時停下來重讀或增加練習的次數，務必唸順了、唸正確了才進入下一題。久而久之，就能看出成效！

此外，「跟說」訓練同時也是一項口譯練習，只看中文，然後在腦中轉換成英文並說出口。幫助讀者培養**「直覺性」的中英文轉換能力，迅速又有邏輯**！

2. 關於 CD

本書每一個跟讀句皆由郭教授親聲錄製，帶領讀者以「分解速度」及「正常速度」跟讀 2～3 遍。其中 Lesson 21 特別安排一位學生與郭教授做互動教學，讀者可由此確認自己易犯的失誤，並透過郭教授的指導再次紮穩根基，以後在英語會話中需提及數字時，就能快又正確地脫口而出。（選取 Track 82 可聆聽郭教授個人的完整示範。）

3. 句子標示

為了幫助讀者練就自然而優美的口語能力，解答中「生活數字好好讀」的英文部分，以粗體字標示者表示可將語調提高。

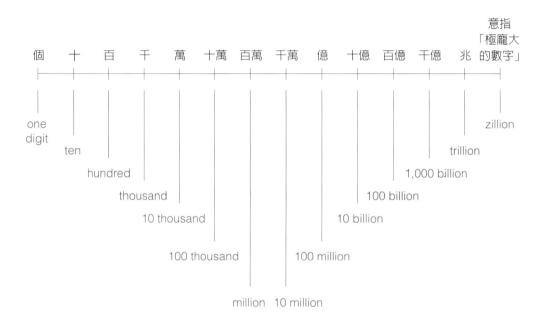

個	十	百	千	萬	十萬	百萬	千萬	億	十億	百億	千億	兆	意指 「極龐大 的數字」

one digit

ten

hundred

thousand

10 thousand

100 thousand

million 10 million

100 million

10 billion

100 billion

1,000 billion

trillion

zillion

◆ 上列「英文──數字對照表」的練習方法：

【第一步】手遮著英文，看中文而說出英文，直到流利為止。

【第二步】手遮著中文，看英文而說出中文，直到流利為止。

※ 只要讀錯任何一個數字，就從頭練習起。

※ 數字經常用作形容詞，所以先讓讀者習慣不用複數。

例 200 個椅子 = two hundred chairs

↑

不加 " s "

STEP 1

基礎篇

Lesson 1

加法、減法、乘法、除法
Addition, Subtraction,
Multiplication, and Division

大師提點

◄◄ check!!

雖然 " ＋、－、×、÷ " 這四個「符號」的英文唸法是 " plus、minus、times、divided by "，但是，「加法、減法、乘法、除法」這四種「計算方法」的英文字，卻不一樣。

Track 03

 基本模仿跟讀

TIPS! 耳聽英文、腦思中文、口說英文，口齒要清楚，並且請模仿我的發音和語調。

---

1. addition [əˋdɪʃən]
加法

跟讀 ▶
❶ shadow me
❷ shadow me
❸ shadow me

---

2. subtraction [səbˋtrækʃən]
減法

跟讀 ▶
❶ shadow me
❷ shadow me
❸ shadow me

---

3. multiplication [ˌmʌltəpləˋkeʃən]
乘法

跟讀 ▶
❶ shadow me
❷ shadow me
❸ shadow me

---

4. division [dəˋvɪʒən]
除法

跟讀 ▶
❶ shadow me
❷ shadow me
❸ shadow me

TIPS! 為了改正我們說英語的腔調，以下「粗體字」可把語調拉高。

🛒 生活數字好好讀

🔘 **Track 04**

---

1. **Addition**, **subtraction**, **multiplication**, and **division** are **easy**.

加、減、乘、除很簡單。

分解速度 ▼	正常速度 ▼
❶ shadow me	❶ shadow me　❷ shadow me
❷ shadow me	❸ shadow me

---

2. **All** you **need** to do is **addition**, **subtraction**, **multiplication**, and **division** either **mentally** or with a **calculator**.

只要會心算或用計算機加減乘除，就夠了。

分解速度 ▼	正常速度 ▼
❶ shadow me	❶ shadow me　❷ shadow me
❷ shadow me	❸ shadow me

---

3. I'm sorry. This is **addition**? I thought it was **subtraction**!

對不起，這是加法？我還以為是減法！

分解速度 ▼	正常速度 ▼
❶ shadow me	❶ shadow me　❷ shadow me
❷ shadow me	❸ shadow me

---

1. 3 × 9 = 27

分解速度 ⊙	正常速度 ⊙
❶ shadow me ❷ shadow me	❶ shadow me ❷ shadow me ❸ shadow me

---

2. 84 ÷ 6 = 14

分解速度 ⊙	正常速度 ⊙
❶ shadow me ❷ shadow me	❶ shadow me ❷ shadow me ❸ shadow me

---

3. 120 × 18 = 2160

分解速度 ⊙	正常速度 ⊙
❶ shadow me ❷ shadow me	❶ shadow me ❷ shadow me ❸ shadow me

---

4. 238 + 862 = 1100

分解速度 ⊙	正常速度 ⊙
❶ shadow me ❷ shadow me	❶ shadow me ❷ shadow me ❸ shadow me

5. 2200 − 620 = 1580

分解速度 ▽	正常速度 ▽
❶ shadow me ❷ shadow me	❶ shadow me ❷ shadow me ❸ shadow me

6. 1996 ÷ 8 = 249.5

分解速度 ▽	正常速度 ▽
❶ shadow me ❷ shadow me	❶ shadow me ❷ shadow me ❸ shadow me

7. 13.5 × 0.6 = 8.1

分解速度 ▽	正常速度 ▽
❶ shadow me ❷ shadow me	❶ shadow me ❷ shadow me ❸ shadow me

8. 260 − 912 = - 652

分解速度 ▽	正常速度 ▽
❶ shadow me ❷ shadow me	❶ shadow me ❷ shadow me ❸ shadow me

EXERCISE 1

請聽 CD，選出正確的答案。

※ 本書所有的習題都可以拿紙筆，一邊聽英文，一邊直接計算，
   但不可先看答案！

 **Track 06**

① (　　) (a) 18　　　　(b) 33　　　　(c) 34

② (　　) (a) 97　　　　(b) 190　　　(c) 93

③ (　　) (a) 220　　　(b) 280　　　(c) 200

④ (　　) (a) 1000　　(b) 130　　　(c) 1300

⑤ (　　) (a) 5000　　(b) 500　　　(c) 1500

⑥ (　　) (a) 3000　　(b) 4600　　(c) 5000

⑦ (　　) (a) 750　　　(b) 2500　　(c) 225

⑧ (　　) (a) 30　　　　(b) 300　　　(c) 930

⑨ (　　) (a) 1280　　(b) 1240　　(c) 1200

⑩ (　　) (a) 1000　　(b) 640　　　(c) 40

SCRIPTS & ANSWERS

PART 1：跟讀句的英文（僅供參考，請勿先看。）

3 運算口說特訓

① 3 times 9 equals 27.

② 84 divided by 6 equals 14.

③ 1 hundred 20 times 18 equals 2 thousand 1 hundred and 60.

④ 2 hundred and 38 plus 8 hundred and 62 equals 11 hundred.

⑤ 2 thousand 2 hundred minus 6 hundred and 20 equals 1 thousand and 5 hundred and 80.

⑥ 1 thousand 9 hundred and 96 divided by 8 equals 2 hundred and 49 point 5.

⑦ 13 point 5 times 0 point 6 equals 8 point 1.

⑧ 2 hundred and 60 minus 9 hundred and 12 equals minus 6 hundred and 52.

PART 2：EXERCISE 的解答

① (a)　36 ÷ 2 = 18

② (b)　95 × 2 = 190

③ (c)　380 − 180 = 200

④ (c)　2600 ÷ 2 = 1300

⑤ (a)　2500 + 2500 = 5000

⑥ (b)　3800 + 800 = 4600

⑦ (a)　15 × 50 = 750

⑧ (a)　900 ÷ 30 = 30

⑨ (c)　1240 − 40 = 1200

⑩ (b)　300 × 2 + 40 = 640

Lesson 2

基本符號

Basic Marks

 **基本模仿跟讀**

TIPS! 以下包含基本的數學符號，請仔細跟我讀，咬字要十分清楚。

---

1. $\sqrt{64} = 8$

分解速度 ⊙	正常速度 ⊙
❶ shadow me ❷ shadow me	❶ shadow me　❷ shadow me ❸ shadow me

---

2. $8^2 = 64$

分解速度 ⊙	正常速度 ⊙
❶ shadow me ❷ shadow me	❶ shadow me　❷ shadow me ❸ shadow me

---

3. $3^2 = 9$

分解速度 ⊙	正常速度 ⊙
❶ shadow me ❷ shadow me	❶ shadow me　❷ shadow me ❸ shadow me

4. 3^3 = 27

分解速度 ⊙	正常速度 ⊙
❶ shadow me ❷ shadow me	❶ shadow me ❷ shadow me ❸ shadow me

5. 2^4 = 2 × 2 × 2 × 2 = 16

分解速度 ⊙	正常速度 ⊙
❶ shadow me ❷ shadow me	❶ shadow me ❷ shadow me ❸ shadow me

6. 120^2 = 14400

分解速度 ⊙	正常速度 ⊙
❶ shadow me ❷ shadow me	❶ shadow me ❷ shadow me ❸ shadow me

7. 982 ÷ 4 = 245.5

分解速度 ⊙	正常速度 ⊙
❶ shadow me ❷ shadow me	❶ shadow me ❷ shadow me ❸ shadow me

TIPS! 英文句子在本課後，但請先不要看英文，只看著中文，和我一起說英文。

🛒 生活數字好好讀

🔘 **Track 08**

●‥ 聊**比例**這樣說 ‥●

1. 我的財產是他的 1/5。

分解速度 ▽	正常速度 ▽
❶ shadow me	❶ shadow me ❷ shadow me
❷ shadow me	❸ shadow me

●‥ 聊**面積**這樣說 ‥●

2. 台灣長 400 公里、寬 90 公里，
　　所以面積是 400 × 90 = 36000 平方公里。

分解速度 ▽	正常速度 ▽
❶ shadow me	❶ shadow me ❷ shadow me
❷ shadow me	❸ shadow me

●‥ 聊**數字**這樣說 ‥●

3. 我小時候最怕數學，那些數字和符號真讓我頭疼！

分解速度 ▽	正常速度 ▽
❶ shadow me	❶ shadow me ❷ shadow me
❷ shadow me	❸ shadow me

1. 144 開根號是 12。

分解速度 ▼	正常速度 ▼
❶ shadow me ❷ shadow me	❶ shadow me ❷ shadow me ❸ shadow me

2. 81 開根號是多少？

分解速度 ▼	正常速度 ▼
❶ shadow me ❷ shadow me	❶ shadow me ❷ shadow me ❸ shadow me

3. 9900 的一半是多少？

分解速度 ▼	正常速度 ▼
❶ shadow me ❷ shadow me	❶ shadow me ❷ shadow me ❸ shadow me

4. 1/3 加 1/3 等於多少？

分解速度 ▼	正常速度 ▼
❶ shadow me ❷ shadow me	❶ shadow me ❷ shadow me ❸ shadow me

EXERCISE 2

請聽 CD，選出正確的答案。

※ 本書所有的習題都可以拿紙筆，一邊聽英文，一邊直接計算，
　 但不可先看答案！

 **Track 10**

① （　　） (a) 2 　　　　　(b) 3 　　　　　(c) 1

② （　　） (a) 6 　　　　　(b) 9 　　　　　(c) 8

③ （　　） (a) 3 　　　　　(b) 27 　　　　(c) 1

④ （　　） (a) 2100 　　　(b) 200 　　　(c) 204

⑤ （　　） (a) 9 　　　　　(b) 3 　　　　　(c) 1

⑥ （　　） (a) 30 　　　　(b) 15 　　　　(c) 5

⑦ （　　） (a) 1 　　　　　(b) 2 　　　　　(c) 4

⑧ （　　） (a) 300 　　　(b) 97 　　　　(c) 33.333

⑨ （　　） (a) 1200 　　(b) 900 　　　(c) 800

⑩ （　　） (a) 700 　　　(b) 800 　　　(c) 600

Scripts & Answers

PART 1：跟讀句的英文（僅供參考，請勿先看。）

1 基本模仿跟讀

① The square root of 64 is 8.

② 8 to the second power is 64.

③ 3 to the second power is 9.

④ 3 to the third power is 27.

⑤ 2 to the fourth power is 2 times 2 times 2 times 2 equals 16.

⑥ 1 hundred 20 to the second power is 14 thousand and 4 hundred.

⑦ 9 hundred 82 divided by 4 equals 2 hundred and 45 point 5.

2 生活數字好好讀

① My **assets** are worth **one-fifth** of **his**.

② The **length** of **Taiwan** is **400 kilometers** and the **width** is **90** kilometers.
So the **area** of **Taiwan** is 400 × 90 = **36,000 square** kilometers.

③ I was **most afraid** of **math** when I was a **child**.
All those **numbers and marks made** my **head ache**!

3 運算口說特訓

① The square root of 144 is 12.

② What's the square root of 81?

③ What's half of 9,900?

④ How much is one-third plus one-third?

PART 2：EXERCISE 的解答

① **(c)** $1^3 = 1$

② **(b)** $3^2 = 9$

③ **(a)** $\sqrt{9} = 3$

④ **(a)** 4200 的一半是 2100

⑤ **(b)** 9 的 1/3 是 3

⑥ **(c)** 25 的 1/5 是 5

⑦ **(a)** 1/4 + 3/4 = 1

⑧ **(c)** 100 ÷ 3 = 33.333

⑨ **(b)** 200 × 2 + 500 = 900

⑩ **(a)** 1000 ÷ 2 + 200 = 700

Lesson 3

基本用語
——到小數第？位
——四捨五入

—To What Decimal Place?

—Round Up & Round Down

 **One-to-One 大師親領指導①** 基本模仿跟讀

TIPS! 一些基本的用語我們要熟悉。

---

1. 16.3 四捨五入是 16。

分解速度 ⊙	正常速度 ⊙
❶ shadow me ❷ shadow me	❶ shadow me ❷ shadow me ❸ shadow me

---

2. 13.4 四捨五入是 13。

分解速度 ⊙	正常速度 ⊙
❶ shadow me ❷ shadow me	❶ shadow me ❷ shadow me ❸ shadow me

---

3. 請計算 16 ÷ 6 到小數第一位。

分解速度 ⊙	正常速度 ⊙
❶ shadow me ❷ shadow me	❶ shadow me ❷ shadow me ❸ shadow me

4. 請計算 20 ÷ 7 到小數第二位。

分解速度 ⊙	正常速度 ⊙
❶ shadow me ❷ shadow me	❶ shadow me ❷ shadow me ❸ shadow me

5. 10 ÷ 3 到小數第二位是 3.33。

分解速度 ⊙	正常速度 ⊙
❶ shadow me ❷ shadow me	❶ shadow me ❷ shadow me ❸ shadow me

6. 118.9 四捨五入是 119。

分解速度 ⊙	正常速度 ⊙
❶ shadow me ❷ shadow me	❶ shadow me ❷ shadow me ❸ shadow me

7. 22.3 四捨五入是 22。

分解速度 ⊙	正常速度 ⊙
❶ shadow me ❷ shadow me	❶ shadow me ❷ shadow me ❸ shadow me

8. 請計算 100 ÷ 9 到小數第三位。

分解速度 ⊙	正常速度 ⊙
❶ shadow me ❷ shadow me	❶ shadow me ❷ shadow me ❸ shadow me

9. 40 ÷ 9 到小數第二位是多少？

分解速度 ⊙	正常速度 ⊙
❶ shadow me ❷ shadow me	❶ shadow me ❷ shadow me ❸ shadow me

10. 23.3 × 3 等於 69.9，四捨五入是 70。

分解速度 ⊙	正常速度 ⊙
❶ shadow me ❷ shadow me	❶ shadow me ❷ shadow me ❸ shadow me

EXERCISE 3

請聽 CD，選出正確的答案。

※ 本書所有的習題都可以拿紙筆，一邊聽英文，一邊直接計算，
　　但不可先看答案！

Track 12

① ( )	(a) 3.6	(b) 4	(c) 3
② ( )	(a) 117	(b) 118	(c) 119
③ ( )	(a) 36.8	(b) 36.82	(c) 37
④ ( )	(a) 兩位數	(b) 四位數	(c) 三位數
⑤ ( )	(a) 99	(b) 100	(c) 98
⑥ ( )	(a) 小數第三位	(b) 小數第二位	(c) 小數第一位
⑦ ( )	(a) 99	(b) 99.9	(c) 100
⑧ ( )	(a) 103	(b) 109	(c) 108
⑨ ( )	(a) 36.33	(b) 36.3	(c) 36
⑩ ( )	(a) 3.3	(b) 3.38	(c) 3.34

SCRIPTS & ANSWERS

PART 1：跟讀句的英文（僅供參考，請勿先看。）

1 基本模仿跟讀

① 16 point 3 is rounded down to 16.

② 13 point 4 is rounded down to 13.

③ Please calculate 16 divided by 6 to the first decimal place.

④ Please calculate 20 divided by 7 to the second decimal place.

⑤ 10 divided by 3 to the second decimal place is 3 point three three.

⑥ Hundred and 18 point 9 is rounded up to 1 hundred 19.

⑦ 22 point 3 is rounded down to 22.

⑧ Please calculate a hundred divided by 9 to the third decimal place.

⑨ How much is 40 divided by 9 to the second decimal place?

⑩ 23 point 3 times 3 equals 69 point 9. It's rounded up to 70.

PART 2：EXERCISE 的解答

① **(b)** 3.6 四捨五入 = 4

② **(b)** 117.8 四捨五入 = 118

③ **(a)** 36.82 四捨五入到小數第一位 = 36.8

④ **(c)** 418 是三位數

⑤ **(b)** 99.8 四捨五入 = 100

⑥ **(a)** 84.444 到小數第三位

⑦ **(c)** 99.9 四捨五入 = 100

⑧ **(b)** 36.3 × 3，四捨五入是 109。

⑨ **(b)** 121 × 0.3 = 36.3

⑩ **(c)** 3.338 四捨五入到小數第二位 = 3.34。

STEP 2

全面精通篇

Lesson 4

五位數（萬）
Five Digit Numbers (Ten Thousands)

　　通常，我們在看阿拉伯數字時，沒什麼問題，但是如果想要用英文表達出數字時，則可能大有問題。因此，本書的數字跟讀訓練，我並不寫出阿拉伯數字，而直接用中文，如此將十分有利於我們中英數字的轉換速度。

🔍 戰勝英數要訣 **1**

「萬」並沒有專屬的英文字：
1 萬　加一個零　➪　10 千
2 萬　加一個零　➪　20 千
3 萬 5　往右挪一位　➪　35 千

※ 在本書中，有多種貨幣出現在句子裡，以下是各國貨幣代號及其唸法。

中文	代碼及符號	唸法
新台幣	NT$ 或 TWD$	NT 是 New Taiwan 的簡稱，TWD 一般唸法是 Taiwan dollar。
人民幣	CNY¥	Chinese yuan（也可說 Renminbi）
美金	USD$	US dollar
歐元	EUR €	歐元的代號並未正式成立，但一般使用為：EUR €，唸成："Euro"。
港幣	HKD$	Hong Kong dollar
日圓	JPY¥	Japanese yen
韓圜	KRW₩	Korean won
泰銖	THB฿	Thai baht
新加坡幣	SGD$	Singapore dollar
加拿大幣	CAD$	Canadian dollar

 **基本模仿跟讀**

TIPS! 耳聽英文、腦思中文、口說英文，口齒要清楚，並且請模仿我的發音和語調。

---

1. 1 萬 8

分解速度 ▽	正常速度 ▽
❶ shadow me ❷ shadow me	❶ shadow me ❷ shadow me ❸ shadow me

---

2. 7 萬零 600

分解速度 ▽	正常速度 ▽
❶ shadow me ❷ shadow me	❶ shadow me ❷ shadow me ❸ shadow me

---

3. 2 萬 8 千

分解速度 ▽	正常速度 ▽
❶ shadow me ❷ shadow me	❶ shadow me ❷ shadow me ❸ shadow me

4. 3 萬 3860

分解速度 ▼	正常速度 ▼
❶ shadow me ❷ shadow me	❶ shadow me ❷ shadow me ❸ shadow me

5. 2 萬 2 千

分解速度 ▼	正常速度 ▼
❶ shadow me ❷ shadow me	❶ shadow me ❷ shadow me ❸ shadow me

6. 9 萬零 152

分解速度 ▼	正常速度 ▼
❶ shadow me ❷ shadow me	❶ shadow me ❷ shadow me ❸ shadow me

7. 8 萬 2 千

分解速度 ▼	正常速度 ▼
❶ shadow me ❷ shadow me	❶ shadow me ❷ shadow me ❸ shadow me

8. 4 萬 4300

分解速度 ▽	正常速度 ▽
❶ shadow me ❷ shadow me	❶ shadow me　❷ shadow me ❸ shadow me

9. 5 萬零 500

分解速度 ▽	正常速度 ▽
❶ shadow me ❷ shadow me	❶ shadow me　❷ shadow me ❸ shadow me

10. 4 萬 6520

分解速度 ▽	正常速度 ▽
❶ shadow me ❷ shadow me	❶ shadow me　❷ shadow me ❸ shadow me

One-to-One 大師親領指導 ❷ | 應用跟說 & 口譯練習

TIPS! 英文句子在本課後，但請先不要看英文，只看著中文，和我一起說英文。

🛒 生活數字好好讀

Track 14

●‥ 聊**數量**這樣說 ‥●

1. 這個花園有 **2** 萬 **5** 千 <u>種</u> 花。

★ 品種 species [ˈspiʃiz]

分解速度 ▽	正常速度 ▽
❶ shadow me	❶ shadow me ❷ shadow me
❷ shadow me	❸ shadow me

●‥ 聊**金錢**這樣說 ‥●

2. 我月入 **3** 萬 **2** 千元台幣。

分解速度 ▽	正常速度 ▽
❶ shadow me	❶ shadow me ❷ shadow me
❷ shadow me	❸ shadow me

●‥ 聊**人數**這樣說 ‥●

3. 我們學校有 **2** 萬 **7** 千多個學生。

分解速度 ▽	正常速度 ▽
❶ shadow me	❶ shadow me ❷ shadow me
❷ shadow me	❸ shadow me

●‥ 聊歲數這樣說 ‥‥●

4. 這顆樹大約有 **1 萬 2 千**歲！

分解速度 ⊙	正常速度 ◎
❶ shadow me	❶ shadow me ❷ shadow me
❷ shadow me	❸ shadow me

●‥ 聊雨量這樣說 ‥‥●

5. 去年的總 雨量 大約 **7 萬 8 千** 公釐。

★ 雨量 rainfall [ˈrenˌfɔl]

★ 公釐 mm (millimeter [ˈmɪləˌmitə])

分解速度 ⊙	正常速度 ◎
❶ shadow me	❶ shadow me ❷ shadow me
❷ shadow me	❸ shadow me

●‥ 聊面積這樣說 ‥‥●

6. 這個森林 面積 有 **2 萬 6 千**多 畝。

★ 面積 area [ˈɛrɪə]

★ 畝 acre [ˈekə]

分解速度 ⊙	正常速度 ◎
❶ shadow me	❶ shadow me ❷ shadow me
❷ shadow me	❸ shadow me

7. 因為地球不是一個完美的 球體，所以 圓周 難算。

> ★ 球體 sphere [sfɪr]
>
> ★ 圓周 circumference [səˋkʌmfərəns]

分解速度 ▼	正常速度 ▼
❶ shadow me	❶ shadow me ❷ shadow me
❷ shadow me	❸ shadow me

8.（接上句語意）只能 大概 說 **4** 萬公里，而它的 直徑 是 **12,756** 公里。

> ★ 大概 roughly [ˋrʌflɪ]
>
> ★ 直徑 diameter [daɪˋæmətə]

分解速度 ▼	正常速度 ▼
❶ shadow me	❶ shadow me ❷ shadow me
❷ shadow me	❸ shadow me

---

1. 3310 × 10 = 3 萬 3 千 1 百

分解速度 ⊽	正常速度 ⊽
❶ shadow me	❶ shadow me　❷ shadow me
❷ shadow me	❸ shadow me

---

2. 2 萬 5 – 1 萬 5 = 1 萬

分解速度 ⊽	正常速度 ⊽
❶ shadow me	❶ shadow me　❷ shadow me
❷ shadow me	❸ shadow me

---

3. 8 千 + 4 千 = 1 萬 2

分解速度 ⊽	正常速度 ⊽
❶ shadow me	❶ shadow me　❷ shadow me
❷ shadow me	❸ shadow me

---

4. 8 萬 2 ÷ 2 = 4 萬 1

分解速度 ⊽	正常速度 ⊽
❶ shadow me	❶ shadow me　❷ shadow me
❷ shadow me	❸ shadow me

EXERCISE 4

請聽 CD，選出正確的答案。

※ 本書所有的習題都可以拿紙筆，一邊聽英文，一邊直接計算，
　　但不可先看答案！

Track 16

① (　　) (a) 16000　　(b) 10600　　(c) 160000

② (　　) (a) 30000　　(b) 55000　　(c) 8500

③ (　　) (a) 9900　　(b) 8000　　(c) 10000

④ (　　) (a) 20000　　(b) 30000　　(c) 2500

⑤ (　　) (a) 2000　　(b) 3000　　(c) 20000

⑥ (　　) (a) 13500　　(b) 12500　　(c) 1300

⑦ (　　) (a) 94000　　(b) 95000　　(c) 90000

⑧ (　　) (a) 80000　　(b) 3800　　(c) 38000

⑨ (　　) (a) 24000　　(b) 23300　　(c) 23000

⑩ (　　) (a) 2000　　(b) 100　　(c) 10000

SCRIPTS & ANSWERS

PART 1：跟讀句的英文（僅供參考，請勿先看。）

1 基本模仿跟讀

① 18 thousand

② 70 thousand and 6 hundred

③ 28 thousand

④ 33 thousand and 8 hundred and 60

⑤ 22 thousand

⑥ 90 thousand and 1 hundred 52

⑦ 82 thousand

⑧ 44 thousand and 3 hundred

⑨ 50 thousand and 5 hundred

⑩ 46 thousand and 5 hundred and 20

2 生活數字好好讀

① There are **25,000 species** of **flowers** in **this** garden.

② My **monthly income** is **32,000 NT**.

③ There are **27,000 students** in our **school**.

④ This **tree** is about **12,000** years old!

⑤ The **total rainfall** last year was about **78,000mm**.

⑥ This **forest** has an **area** of **26,000 more acres**.

⑦ The **circumference** of the **earth** can **not** be **precisely calculated** because it is **not** a **perfect** sphere.

⑧ But the **circumference** is **roughly 40,000 kilometers** and its **diameter** is about **12,756 kilometers**.

3 運算口說特訓

① 3 thousand and 3 hundred and 10 times 10 equals 33 thousand and 1 hundred.

② 25 thousand minus 15 thousand equals 10 thousand.

③ 8 thousand plus 4 thousand equals 12 thousand.

④ 82 thousand divided by 2 equals 41 thousand.

PART 2：EXERCISE 的解答

① **(a)** $8000 \times 2 = 16000$

② **(b)** $25000 + 30000 = 55000$

③ **(c)** $10900 - 900 = 10000$

④ **(a)** $24500 - 4500 = 20000$

⑤ **(c)** $8000 + 12000 = 20000$

⑥ **(a)** $4500 \times 3 = 13500$

⑦ **(a)** $90000 + 9000 - 5000 = 94000$

⑧ **(c)** $2500 \times 4 + 28000 = 38000$

⑨ **(b)** $11500 + 11800 = 23300$

⑩ **(c)** $100^2 = 10000$

Lesson 5

十萬（一）
Hundred Thousands (1)

「十萬」的英文往右挪一位，就是 100 千：

10 萬	加一個零	⇨	100 千
20 萬	加一個零	⇨	200 千
55 萬	加一個零	⇨	550 千
98 萬	加一個零	⇨	980 千

💿 **Track 17**

 **One-to-One 大師親領指導 ①** | **基本模仿跟讀**

TIPS! 在跟讀時，眼睛不可離開中文數字。

---

1. 21 萬

分解速度 ⦿	正常速度 ⦿
❶ shadow me	❶ shadow me ❷ shadow me
❷ shadow me	❸ shadow me

---

2. 19 萬 8 千 2 百

分解速度 ⦿	正常速度 ⦿
❶ shadow me	❶ shadow me ❷ shadow me
❷ shadow me	❸ shadow me

3. 32 萬 2 千

分解速度 ⊙	正常速度 ⊙
❶ shadow me ❷ shadow me	❶ shadow me ❷ shadow me ❸ shadow me

4. 46 萬 8500

分解速度 ⊙	正常速度 ⊙
❶ shadow me ❷ shadow me	❶ shadow me ❷ shadow me ❸ shadow me

5. 90 萬零 250

分解速度 ⊙	正常速度 ⊙
❶ shadow me ❷ shadow me	❶ shadow me ❷ shadow me ❸ shadow me

6. 88 萬 8800

分解速度 ⊙	正常速度 ⊙
❶ shadow me ❷ shadow me	❶ shadow me ❷ shadow me ❸ shadow me

TIPS! 英文句子在本課後，但請先不要看英文，只看著中文，和我一起說英文。

🛒 生活數字好好讀

🔘 **Track 18**

●∴∴ 聊**金錢**這樣說 ∴∵●

1. 一個木工的 <u>年收入</u> 界於 **85** 萬到 **95** 萬人民幣之間。

★ 年收入 yearly income

分解速度 ⊙	正常速度 ◎
❶ shadow me ❷ shadow me	❶ shadow me　❷ shadow me ❸ shadow me

●∴∴ 聊**數量**這樣說 ∴∵●

2. 這個圖書館的藏書大約有 **21** 萬冊。

分解速度 ⊙	正常速度 ◎
❶ shadow me ❷ shadow me	❶ shadow me　❷ shadow me ❸ shadow me

●∴∴ 聊**人數**這樣說 ∴∵●

3. 這個小鎮的人口大約有 **21** 萬。

分解速度 ⊙	正常速度 ◎
❶ shadow me ❷ shadow me	❶ shadow me　❷ shadow me ❸ shadow me

4. 我每年可以存 **15** 萬台幣。

分解速度 ▼	正常速度 ▼
❶ shadow me	❶ shadow me ❷ shadow me
❷ shadow me	❸ shadow me

5. 大約 **22** 萬人在這次 <u>海嘯</u> 中喪生。

★ 海嘯 tsunami [tsuˋnami]

分解速度 ▼	正常速度 ▼
❶ shadow me	❶ shadow me ❷ shadow me
❷ shadow me	❸ shadow me

6. 我們今年用了 **92** 萬 **6** 千 <u>瓦</u> 電。

★ 瓦 watt [wat]

分解速度 ▼	正常速度 ▼
❶ shadow me	❶ shadow me ❷ shadow me
❷ shadow me	❸ shadow me

7. 我們有幾十萬根頭髮。

分解速度 ▼	正常速度 ▼
❶ shadow me	❶ shadow me ❷ shadow me
❷ shadow me	❸ shadow me

---

1. 12 萬 5200 + 3 萬 = 15 萬 5200

分解速度 ⊙	正常速度 ⊙
❶ shadow me ❷ shadow me	❶ shadow me　❷ shadow me ❸ shadow me

---

2. 20 萬 × 2.5 = 50 萬

分解速度 ⊙	正常速度 ⊙
❶ shadow me ❷ shadow me	❶ shadow me　❷ shadow me ❸ shadow me

---

3. 16 萬 5 千 – 8 萬 5 千 = 8 萬

分解速度 ⊙	正常速度 ⊙
❶ shadow me ❷ shadow me	❶ shadow me　❷ shadow me ❸ shadow me

---

4. 92 萬 ÷ 4 = 23 萬

分解速度 ⊙	正常速度 ⊙
❶ shadow me ❷ shadow me	❶ shadow me　❷ shadow me ❸ shadow me

EXERCISE 5

請聽 CD，選出正確的答案。

※ 本書所有的習題都可以拿紙筆，一邊聽英文，一邊直接計算，
　但不可先看答案！

Track 20

① ( )	(a) 2000	(b) 20000	(c) 20 萬
② ( )	(a) 26 萬	(b) 26000	(c) 2600
③ ( )	(a) 32 萬	(b) 30 萬	(c) 50 萬
④ ( )	(a) 35000	(b) 30 萬	(c) 32 萬
⑤ ( )	(a) 3600	(b) 36000	(c) 36 萬
⑥ ( )	(a) 63	(b) 33 萬	(c) 32 萬
⑦ ( )	(a) 50 萬	(b) 51 萬	(c) 5 萬
⑧ ( )	(a) 3000	(b) 33 萬	(c) 3.3 萬
⑨ ( )	(a) 33 萬	(b) 30 萬	(c) 3 萬
⑩ ( )	(a) 9000	(b) 19 萬	(c) 1.9 萬

Scripts & Answers

PART 1：跟讀句的英文（僅供參考，請勿先看。）

1 基本模仿跟讀

① 2 hundred and 10 thousand
② 1 hundred and 98 thousand and 2 hundred
③ 3 hundred and 22 thousand
④ 4 hundred and 68 thousand and 5 hundred
⑤ 9 hundred thousand and 2 hundred and 50
⑥ 8 hundred and 88 thousand and 8 hundred

2 生活數字好好讀

① A **carpenter's yearly income** is between **850,000** and **950,000 RMB yuans**（或 **CNY¥850,000-950,000**）.
② **This library** has about **210,000** books.
③ The **population** of this **small** town is about **210,000**.
④ I can **save 150,000 NT**（或 **NT$150,000**）**every year**.
⑤ **Approximately 220 thousand people** were **killed** during the **tsunami disaster**.
⑥ We **consumed 926,000 watts** of **electricity this** year.
⑦ We have **hundreds** of **thousands** of **hairs** on our **heads**.

3 運算口說特訓

① Hundred and 25 thousand and 2 hundred plus 30 thousand equals hundred and 55 thousand and 2 hundred.
② 2 hundred thousand times 2 point 5 equals 5 hundred thousand.
③ Hundred and 65 thousand minus 85 thousand equals 80 thousand.
④ 9 hundred and 20 thousand divided by 4 equals 2 hundred and 30 thousand.

PART 2：EXERCISE 的解答

① **(c)** 256000 − 56000 = 20 萬 ② **(a)** 13 萬 × 2 = 26 萬
③ **(a)** 52 萬 − 20 萬 = 32 萬 ④ **(b)** 32 萬 5 千 − 2 萬 5 千 = 30 萬
⑤ **(c)** 12 萬 × 3 = 36 萬 ⑥ **(c)** 66 萬 − 34 萬 = 32 萬
⑦ **(a)** 20 萬 × 2 + 10 萬 = 50 萬 ⑧ **(b)** 99 萬 ÷ 3 = 33 萬
⑨ **(a)** 11 萬 + 12 萬 + 10 萬 = 33 萬 ⑩ **(b)** 27 萬 ÷ 3 + 10 萬 = 19 萬

Lesson 6

十萬（二）
Hundred Thousands (2)

 基本模仿跟讀

TIPS! 耳聽英文、腦思中文、口說英文,口齒要清楚,並且請模仿我的發音和語調。

---

1. 20 萬零 566

分解速度 ▼	正常速度 ▼
❶ shadow me ❷ shadow me	❶ shadow me　❷ shadow me ❸ shadow me

---

2. 98 萬 8 千 8 百

分解速度 ▼	正常速度 ▼
❶ shadow me ❷ shadow me	❶ shadow me　❷ shadow me ❸ shadow me

---

3. 82 萬 6200

分解速度 ▼	正常速度 ▼
❶ shadow me ❷ shadow me	❶ shadow me　❷ shadow me ❸ shadow me

4. 50 萬零 500

分解速度 ⊙	正常速度 ⊙
❶ shadow me ❷ shadow me	❶ shadow me ❷ shadow me ❸ shadow me

5. 69 萬 6100

分解速度 ⊙	正常速度 ⊙
❶ shadow me ❷ shadow me	❶ shadow me ❷ shadow me ❸ shadow me

6. 40 萬零 659

分解速度 ⊙	正常速度 ⊙
❶ shadow me ❷ shadow me	❶ shadow me ❷ shadow me ❸ shadow me

7. 97 萬 4320

分解速度 ⊙	正常速度 ⊙
❶ shadow me ❷ shadow me	❶ shadow me ❷ shadow me ❸ shadow me

TIPS! 英文句子在本課後，但請先不要看英文，只看著中文，和我一起說英文。

🛒 生活數字好好讀

Track 22

●.. 聊**金錢**這樣說 ..●

1. 我每個月賺 **4 萬 5**，<u>加上</u>一個半月的 **年終獎金**，
我每年薪水是 **4.5 萬 × 13.5 = 607,500 元**。

★ 加上 added with

★ 年終獎金 bonus at the end of year

分解速度 ⊙	正常速度 ⊙
❶ shadow me	❶ shadow me ❷ shadow me
❷ shadow me	❸ shadow me

●.. 聊**金錢**這樣說 ..●

2. 這個房子大約值 **23 萬 2 千**美元。

分解速度 ⊙	正常速度 ⊙
❶ shadow me	❶ shadow me ❷ shadow me
❷ shadow me	❸ shadow me

●.. 聊**金錢**這樣說 ..●

3. 他 <u>月收入</u> **15 萬 5 千**元日幣。

★ 月收入 monthly income

分解速度 ⊙	正常速度 ⊙
❶ shadow me	❶ shadow me ❷ shadow me
❷ shadow me	❸ shadow me

🔊)) 運算口說特訓

---

1. 65 萬 – 32 萬 3 千 = 32 萬 7 千

分解速度 ▼	正常速度 ▼
❶ shadow me ❷ shadow me	❶ shadow me ❷ shadow me ❸ shadow me

---

2. 32 萬 ÷ 4 = 8 萬

分解速度 ▼	正常速度 ▼
❶ shadow me ❷ shadow me	❶ shadow me ❷ shadow me ❸ shadow me

---

3. 3 萬 × 21 = 63 萬

分解速度 ▼	正常速度 ▼
❶ shadow me ❷ shadow me	❶ shadow me ❷ shadow me ❸ shadow me

---

4. 500^2（500 × 500）= 25 萬

分解速度 ▼	正常速度 ▼
❶ shadow me ❷ shadow me	❶ shadow me ❷ shadow me ❸ shadow me

EXERCISE 6

請聽 CD，選出正確的答案。

※ 本書所有的習題都可以拿紙筆，一邊聽英文，一邊直接計算，
但不可先看答案！

 Track 24

① (　　) (a) 22 萬 5000　　(b) 21 萬 5600　　(c) 20 萬 5600

② (　　) (a) 101 萬　　(b) 111 萬　　(c) 110 萬

③ (　　) (a) 43 萬 39 千　　(b) 4 萬 3 千 9 百　　(c) 34 萬 9 千

④ (　　) (a) 51 萬 6320　　(b) 15 萬 6320　　(c) 51 萬零 630

⑤ (　　) (a) 52 萬 + 16 萬　　(b) 52 萬 + 61 萬　　(c) 52 萬 + 60 萬

⑥ (　　) (a) 38 萬零 500　　(b) 38500　　(c) 38 萬 5 千

⑦ (　　) (a) 2.2 萬　　(b) 22 萬　　(c) 12 萬

⑧ (　　) (a) 4.6 萬　　(b) 4.8 萬　　(c) 48 萬

⑨ (　　) (a) 23 萬 2 千　　(b) 23 萬 3 千　　(c) 21 萬 3 千

⑩ (　　) (a) 31 萬　　(b) 30 萬　　(c) 13 萬

Scripts & Answers

Part 1：跟讀句的英文（僅供參考，請勿先看。）

1 基本模仿跟讀

① 2 hundred thousand and 5 hundred and 66

② 9 hundred and 88 thousand and 8 hundred

③ 8 hundred and 26 thousand and 2 hundred

④ 5 hundred thousand and 5 hundred

⑤ 6 hundred and 96 thousand and 1 hundred

⑥ 4 hundred thousand and 6 hundred and 59

⑦ 9 hundred and 74 thousand and 3 hundred and 20

2 生活數字好好讀

① I **make 45,000 NT per month, added** with the **one month and a half bonus** at the **end of year**, my **yearly income** is **45,000 × 13.5 = 607,500 NT**.

② **This house is worth approximately US$232,000**（或 **232,000 US dollars**）.

③ His **monthly income** is **155,000 Japanese yen**（或 **JPY¥155,000**）.

3 運算口說特訓

① 6 hundred and 50 thousand minus 3 hundred and 23 thousand equals 3 hundred and 27 thousand.

② 3 hundred and 20 thousand divided by 4 equals 80 thousand.

③ 30 thousand times 21 equals 6 hundred and 30 thousand.

④ 5 hundred to the second power is 5 hundred times 5 hundred is 2 hundred and 50 thousand.

Part 2：EXERCISE 的解答

① **(b)**

② **(c)** 92 萬 + 18 萬 = 110 萬

③ **(c)**

④ **(a)**

⑤ **(b)**

⑥ **(c)**

⑦ **(b)** 66 萬的 1/3 是 22 萬

⑧ **(b)** 3 萬 × 1.6 = 4.8 萬

⑨ **(a)**

⑩ **(c)** 52 萬 ÷ 4 = 13 萬

Lesson 7

百萬（一）
Million (1)

戰勝英數要訣 3

「百萬」在英文中有自己的單位：million

1 百萬	⇨	1 million
5 百萬	⇨	5 million
550 萬	⇨	5.5 million 或
		5 million and 500 thousand
786 萬	⇨	7 million and 860 thousand

🔊 **Track 25**

 **One-to-One** 大師親領指導 ❶　　基本模仿跟讀

TIPS! 耳聽英文、腦思中文、口說英文，口齒要清楚，並且請模仿我的發音。

1. 120 萬

分解速度 ▼	正常速度 ▼
❶ shadow me	❶ shadow me　❷ shadow me
❷ shadow me	❸ shadow me

2. 127 萬

分解速度 ▽	正常速度 ▼
❶ shadow me ❷ shadow me	❶ shadow me ❷ shadow me ❸ shadow me

3. 350 萬

分解速度 ▽	正常速度 ▼
❶ shadow me ❷ shadow me	❶ shadow me ❷ shadow me ❸ shadow me

4. 399 萬

分解速度 ▽	正常速度 ▼
❶ shadow me ❷ shadow me	❶ shadow me ❷ shadow me ❸ shadow me

5. 202 萬

分解速度 ▽	正常速度 ▼
❶ shadow me ❷ shadow me	❶ shadow me ❷ shadow me ❸ shadow me

6. 115 萬

分解速度 ⊙	正常速度 ⊙
❶ shadow me ❷ shadow me	❶ shadow me ❷ shadow me ❸ shadow me

7. 326 萬

分解速度 ⊙	正常速度 ⊙
❶ shadow me ❷ shadow me	❶ shadow me ❷ shadow me ❸ shadow me

8. 722 萬

分解速度 ⊙	正常速度 ⊙
❶ shadow me ❷ shadow me	❶ shadow me ❷ shadow me ❸ shadow me

9. 888 萬

分解速度 ⊙	正常速度 ⊙
❶ shadow me ❷ shadow me	❶ shadow me ❷ shadow me ❸ shadow me

TIPS! 英文句子在本課後，但請先不要看英文，只看著中文，和我一起說英文。

🛒 生活數字好好讀

🔘 **Track 26**

●∴ 聊**金錢**這樣說 ∴●

1. 我買這輛車花了 140 萬元台幣。

分解速度 ▽	正常速度 ▽
❶ shadow me	❶ shadow me ❷ shadow me
❷ shadow me	❸ shadow me

●∴ 聊**金錢**這樣說 ∴●

2. 許多大公司的 高階 主管 年薪都超過 100 萬美金。

★ 高階 high ranking

★ 主管 executive [ɪgˋzɛkjʊtɪv]

分解速度 ▽	正常速度 ▽
❶ shadow me	❶ shadow me ❷ shadow me
❷ shadow me	❸ shadow me

●∴ 聊**金錢**這樣說 ∴●

3. 我的 退休金 大約 260 萬台幣。（已退休）

★ 退休金 retirement pension

分解速度 ▽	正常速度 ▽
❶ shadow me	❶ shadow me ❷ shadow me
❷ shadow me	❸ shadow me

聊**金錢**這樣說

4. 我的退休金大約 320 萬泰銖。（尚未退休）

分解速度 ▼	正常速度 ▼
❶ shadow me ❷ shadow me	❶ shadow me　❷ shadow me ❸ shadow me

聊**金錢**這樣說

5. 我想買一個 850 萬到 1100 萬台幣之間的公寓。

分解速度 ▼	正常速度 ▼
❶ shadow me ❷ shadow me	❶ shadow me　❷ shadow me ❸ shadow me

聊**距離**這樣說

6. 他一共已經跑了 220 萬 <u>公里</u>！

★ 公里 kilometer [ˋkɪləˌmɪtə] 或 [kɪˋlomɪtə]

分解速度 ▼	正常速度 ▼
❶ shadow me ❷ shadow me	❶ shadow me　❷ shadow me ❸ shadow me

---

1. 55 萬 + 120 萬 = 175 萬

分解速度 ▼	正常速度 ▼
❶ shadow me	❶ shadow me　❷ shadow me
❷ shadow me	❸ shadow me

---

2. 308 萬 ÷ 10 = 30 萬 8 千

分解速度 ▼	正常速度 ▼
❶ shadow me	❶ shadow me　❷ shadow me
❷ shadow me	❸ shadow me

---

3. 999 萬 − 333 = 666 萬

分解速度 ▼	正常速度 ▼
❶ shadow me	❶ shadow me　❷ shadow me
❷ shadow me	❸ shadow me

---

4. 124 萬 + 205 萬 = 329 萬

分解速度 ▼	正常速度 ▼
❶ shadow me	❶ shadow me　❷ shadow me
❷ shadow me	❸ shadow me

EXERCISE 7

請聽 CD，選出正確的答案。

※ 本書所有的習題都可以拿紙筆，一邊聽英文，一邊直接計算，
但不可先看答案！

Track 28

① (　　) (a) 110 萬　　(b) 200 萬　　(c) 120 萬

② (　　) (a) 25.6 萬　　(b) 256 萬　　(c) 220 萬

③ (　　) (a) 212 萬　　(b) 243 萬　　(c) 24.2 萬

④ (　　) (a) 410 萬　　(b) 210 萬　　(c) 41 萬

⑤ (　　) (a) 6.9 萬　　(b) 690 萬　　(c) 69 萬

⑥ (　　) (a) 56 萬　　(b) 5.6 萬　　(c) 5600

⑦ (　　) (a) 200 萬　　(b) 20　　(c) 12 萬

⑧ (　　) (a) 911 萬　　(b) 901 萬　　(c) 910 萬

⑨ (　　) (a) 6.6 萬　　(b) 660 萬　　(c) 66 萬

⑩ (　　) (a) 8 萬　　(b) 830 萬　　(c) 83 萬

SCRIPTS & ANSWERS

PART 1：跟讀句的英文（僅供參考，請勿先看。）

1 基本模仿跟讀

① 1.2 million or 1 million and 2 hundred thousand

② 1.27 million or 1 million and 2 hundred and 70 thousand

③ 3.5 million or 3 million and 5 hundred thousand

④ 3 million and 9 hundred and 90 thousand　⑤ 2 million and 20 thousand

⑥ 1 million and 1 hundred 50 thousand　⑦ 3 million and 2 hundred and 60 thousand

⑧ 7 million and 2 hundred and 20 thousand　⑨ 8 million and 8 hundred and 80 thousand

2 生活數字好好讀

① I **bought** this **car** for **NT$1,400,000**.

② **Many high ranking executives** of **big companies** make **more** than **1 million US dollars** a **year**.

③ My **retirement pension** was about **2,600,000 NT**.

④ My **retirement pension** will be **approximately 3,200,000 Thai baht**.

⑤ I would **like** to **buy** an **apartment** priced between **8.5 million** and **11 million NT**.

⑥ He has **run 2,200,000 kilometers altogether**!

3 運算口說特訓

① 5 hundred and 50 thousand plus 1 million and 2 hundred thousand equals 1 million and 7 hundred and 50 thousand.

② 3 million and 80 thousand divided by 10 equals 3 hundred and 8 thousand.

③ 9 million and 9 hundred and 90 thousand minus 3 million and 3 hundred and 30 thousand equals 6 million and 6 hundred and 60 thousand.

④ 1 million and 2 hundred and 40 thousand plus 2 million and 50 thousand equals 3 million and 2 hundred and 90 thousand.

PART 2：EXERCISE 的解答

① **(a)** 73 萬 + 37 萬 = 110 萬　　② **(b)**

③ **(b)**　　④ **(a)**

⑤ **(c)** 23 萬 × 3 = 69 萬　　⑥ **(a)** 112 萬 ÷ 2 = 56 萬

⑦ **(b)** $\sqrt{400}$ = 20　　⑧ **(a)** 931 萬 − 20 萬 = 911 萬

⑨ **(b)** 220 萬 × 3 = 660 萬　　⑩ **(c)** 166 萬 ÷ 2 = 83 萬

Lesson 8

百萬（二）
Million (2)

基本模仿跟讀

TIPS! 耳聽英文、腦思中文、口說英文，口齒要清楚，並且請模仿我的發音和語調。

---

1. 239 萬 4 千

分解速度 ⊽	正常速度 ⊽
❶ shadow me ❷ shadow me	❶ shadow me ❷ shadow me ❸ shadow me

---

2. 520 萬 5 千

分解速度 ⊽	正常速度 ⊽
❶ shadow me ❷ shadow me	❶ shadow me ❷ shadow me ❸ shadow me

---

3. 421 萬 6 千

分解速度 ⊽	正常速度 ⊽
❶ shadow me ❷ shadow me	❶ shadow me ❷ shadow me ❸ shadow me

4. 500 萬零 3 千

分解速度 ▼	正常速度 ▼
❶ shadow me ❷ shadow me	❶ shadow me ❷ shadow me ❸ shadow me

5. 721 萬 6300

分解速度 ▼	正常速度 ▼
❶ shadow me ❷ shadow me	❶ shadow me ❷ shadow me ❸ shadow me

6. 701 萬 3921

分解速度 ▼	正常速度 ▼
❶ shadow me ❷ shadow me	❶ shadow me ❷ shadow me ❸ shadow me

7. 569 萬 1900

分解速度 ▼	正常速度 ▼
❶ shadow me ❷ shadow me	❶ shadow me ❷ shadow me ❸ shadow me

8. 661 萬 6 千 6 百

分解速度 ▾	正常速度 ▾
❶ shadow me ❷ shadow me	❶ shadow me　❷ shadow me ❸ shadow me

9. 380 萬零 500

分解速度 ▾	正常速度 ▾
❶ shadow me ❷ shadow me	❶ shadow me　❷ shadow me ❸ shadow me

10. 999 萬 9999

分解速度 ▾	正常速度 ▾
❶ shadow me ❷ shadow me	❶ shadow me　❷ shadow me ❸ shadow me

One-to-One 大師親領指導 ❷ 應用跟說 & 口譯練習

TIPS! 英文句子在本課後，但請先不要看英文，只看著中文，和我一起說英文。

🛒 **生活數字好好讀**

🎵 Track 30

●⋯聊人數這樣說⋯●

1. 這個城市有 **125** 萬 **6** 千人。

分解速度 ▽	正常速度 ▽
❶ shadow me ❷ shadow me	❶ shadow me ❷ shadow me ❸ shadow me

●⋯聊金錢這樣說⋯●

2. 他的年 消費 大約 **120** 萬台幣。

★ 消費 expense [ɪk`spɛns]

分解速度 ▽	正常速度 ▽
❶ shadow me ❷ shadow me	❶ shadow me ❷ shadow me ❸ shadow me

●⋯聊金錢這樣說⋯●

3. 他去年的 股票 賺 了將近 **120** 萬港幣。

★ 股票 stock [stɑk]
★ 賺錢 make money

分解速度 ▽	正常速度 ▽
❶ shadow me ❷ shadow me	❶ shadow me ❷ shadow me ❸ shadow me

運算口說特訓

---

1. 13 萬 5 千 × 10 = 135 萬

分解速度 ⊙	正常速度 ⊙
❶ shadow me	❶ shadow me ❷ shadow me
❷ shadow me	❸ shadow me

---

2. 502 萬 ÷ 5 = 100 萬 4 千

分解速度 ⊙	正常速度 ⊙
❶ shadow me	❶ shadow me ❷ shadow me
❷ shadow me	❸ shadow me

---

3. 33 萬 × 3.1 = 102 萬 3 千

分解速度 ⊙	正常速度 ⊙
❶ shadow me	❶ shadow me ❷ shadow me
❷ shadow me	❸ shadow me

---

4. 246 萬 − 15 萬 2 千 = 230 萬 8 千

分解速度 ⊙	正常速度 ⊙
❶ shadow me	❶ shadow me ❷ shadow me
❷ shadow me	❸ shadow me

EXERCISE 8

請聽 CD，選出正確的答案。

※ 本書所有的習題都可以拿紙筆，一邊聽英文，一邊直接計算，
　 但不可先看答案！

Track 32

① （　　） (a) 82 萬　　　　　(b) 92 萬　　　　　(c) 8.2 萬

② （　　） (a) 10.8 萬　　　　(b) 108 萬　　　　(c) 18000

③ （　　） (a) 940 萬　　　　(b) 94 萬　　　　　(c) 9400

④ （　　） (a) 10 萬　　　　　(b) 100 萬　　　　(c) 101 萬

⑤ （　　） (a) 960 萬　　　　(b) 96 萬　　　　　(c) 9.6 萬

⑥ （　　） (a) 10 萬　　　　　(b) 100 萬　　　　(c) 110 萬

⑦ （　　） (a) 14.3 萬　　　　(b) 14300　　　　(c) 143 萬

⑧ （　　） (a) 111 萬　　　　(b) 101 萬　　　　(c) 11.1 萬

⑨ （　　） (a) 101 萬　　　　(b) 110 萬　　　　(c) 11 萬

⑩ （　　） (a) 33 萬　　　　　(b) 3 萬　　　　　(c) 30 萬

SCRIPTS & ANSWERS

PART 1：跟讀句的英文（僅供參考，請勿先看。）

1 基本模仿跟讀

① 2 million and 3 hundred and 94 thousand

② 5 million and 2 hundred and 5 thousand

③ 4 million and 2 hundred and 16 thousand

④ 5 million and 3 thousand

⑤ 7 million and 2 hundred and 16 thousand and 3 hundred

⑥ 7 million and 13 thousand and 9 hundred and 21

⑦ 5 million and 6 hundred and 91 thousand and 9 hundred

⑧ 6 million and 6 hundred and 16 thousand and 6 hundred

⑨ 3 million and 8 hundred thousand and 5 hundred

⑩ 9 million and 9 hundred and 99 thousand and 9 hundred and 99

2 生活數字好好讀

① **This city** has **1,256,000** people.

② His **yearly expenses** are about **1,200,000 NT**.

③ He **made** about **HK$ 1,200,000**（或 **1,200,000 Hong Kong dollars**）from **stocks last** year.

3 運算口說特訓

① 1 hundred and 35 thousand times 10 equals 1 million and 3 hundred and 50 thousand.

② 5 million and 20 thousand divided by 5 equals 1 million and 4 thousand.

③ 3 hundred and 30 thousand times 3.1 equals 1 million and 23 thousand.

④ 2 million and 4 hundred and 60 thousand minus 1 hundred 52 thousand equals 2 million and 3 hundred and 8 thousand.

PART 2：EXERCISE 的解答

① (a) 102 萬 – 20 萬 = 82 萬 　　② (b) 36 萬 × 3 = 108 萬

③ (b) 14 萬 + 80 萬 = 94 萬 　　④ (b) 295 萬 – 195 萬 = 100 萬

⑤ (a) 967 萬 5 千 – 7 萬 5 千 = 960 萬 　　⑥ (b) 10 萬 × 10 = 100 萬

⑦ (c) 286 萬 ÷ 2 = 143 萬 　　⑧ (a) 333 萬的 1/3 是 111 萬

⑨ (b) 990 萬的 1/9 是 110 萬 　　⑩ (c) 100 萬的 30% 是 30 萬

Lesson 9

千萬（一）
Ten Millions (1)

🔍 戰勝英數要訣 **4**

「千萬」的英文說法是十個「百萬」，

快速的轉換法就像「萬」和「千」的關係一樣：

1 千 萬	⇨	10 個 百萬
2 千 萬	⇨	20 個 百萬
2 千 5 百萬	⇨	25 個 百萬
9 千 876 萬	⇨	98 個 百萬 and 760 千

Track 33

基本模仿跟讀

TIPS! 耳聽英文、腦思中文、口說英文，口齒要清楚，並且請模仿我的發音和語調。

---

1. 1200 萬

分解速度 ▾	正常速度 ▾
❶ shadow me	❶ shadow me ❷ shadow me
❷ shadow me	❸ shadow me

---

2. 3100 萬

分解速度 ▾	正常速度 ▾
❶ shadow me	❶ shadow me ❷ shadow me
❷ shadow me	❸ shadow me

3. 1220 萬

分解速度 ▽	正常速度 ▽
❶ shadow me ❷ shadow me	❶ shadow me　❷ shadow me ❸ shadow me

4. 5421 萬

分解速度 ▽	正常速度 ▽
❶ shadow me ❷ shadow me	❶ shadow me　❷ shadow me ❸ shadow me

5. 6650 萬

分解速度 ▽	正常速度 ▽
❶ shadow me ❷ shadow me	❶ shadow me　❷ shadow me ❸ shadow me

6. 7025 萬

分解速度 ▽	正常速度 ▽
❶ shadow me ❷ shadow me	❶ shadow me　❷ shadow me ❸ shadow me

7. 8313 萬

分解速度 ▾	正常速度 ▾
❶ shadow me ❷ shadow me	❶ shadow me ❷ shadow me ❸ shadow me

8. 9962 萬

分解速度 ▾	正常速度 ▾
❶ shadow me ❷ shadow me	❶ shadow me ❷ shadow me ❸ shadow me

9. 4299 萬

分解速度 ▾	正常速度 ▾
❶ shadow me ❷ shadow me	❶ shadow me ❷ shadow me ❸ shadow me

10. 3005 萬

分解速度 ▾	正常速度 ▾
❶ shadow me ❷ shadow me	❶ shadow me ❷ shadow me ❸ shadow me

One-to-One 大師親領指導 ❷ | 應用跟說 & 口譯練習

TIPS! 英文句子在本課後，但請先不要看英文，只看著中文，和我一起說英文。

🛒 **生活數字好好讀**

💿 **Track 34**

●∴∴ 聊金錢這樣說 ∴∴●

1. 福特公司 打算 投資數千萬美元 開發 新 車款。

★ 打算 intend [ɪnˋtɛnd]

★ 開發 develop [dɪˋvɛləp]

★ 車款 model [ˋmadl]

分解速度 ▼	正常速度 ▼
❶ shadow me	❶ shadow me ❷ shadow me
❷ shadow me	❸ shadow me

●∴∴ 聊金錢這樣說 ∴∴●

2. 他在 共同基金 賠 了 1300 萬日圓。

★ 共同基金 mutual fund [ˋmjutʃuəl fʌnd]

★ 賠 lose [luz]

分解速度 ▼	正常速度 ▼
❶ shadow me	❶ shadow me ❷ shadow me
❷ shadow me	❸ shadow me

3. 這個房子開價 2200 萬韓圜。

分解速度 ⊙	正常速度 ⊙
❶ shadow me	❶ shadow me ❷ shadow me
❷ shadow me	❸ shadow me

4. 天啊！我什麼時候才能有 1000 萬泰銖？

分解速度 ⊙	正常速度 ⊙
❶ shadow me	❶ shadow me ❷ shadow me
❷ shadow me	❸ shadow me

5. 我房子的 貸款 差不多 1000 萬台幣。

★ 貸款 mortgage [ˋmɔrgɪdʒ]

分解速度 ⊙	正常速度 ⊙
❶ shadow me	❶ shadow me ❷ shadow me
❷ shadow me	❸ shadow me

6. 這家圖書館 藏書 4800 萬冊！

★ 收藏品 collection [kəˋlɛkʃən]

分解速度 ⊙	正常速度 ⊙
❶ shadow me	❶ shadow me ❷ shadow me
❷ shadow me	❸ shadow me

((ᵒ))) 運算口說特訓

---

1. 280 萬 × 10 = 2800 萬

分解速度 ▼	正常速度 ▼
❶ shadow me ❷ shadow me	❶ shadow me ❷ shadow me ❸ shadow me

---

2. 3210 萬 ÷ 10 = 321 萬

分解速度 ▼	正常速度 ▼
❶ shadow me ❷ shadow me	❶ shadow me ❷ shadow me ❸ shadow me

---

3. 210 萬 × 5.5 = 1155 萬

分解速度 ▼	正常速度 ▼
❶ shadow me ❷ shadow me	❶ shadow me ❷ shadow me ❸ shadow me

---

4. 1260 萬 + 320 萬 = 1580 萬

分解速度 ▼	正常速度 ▼
❶ shadow me ❷ shadow me	❶ shadow me ❷ shadow me ❸ shadow me

EXERCISE 9

請聽 CD，選出正確的答案。

※ 本書所有的習題都可以拿紙筆，一邊聽英文，一邊直接計算，
　 但不可先看答案！

Track 36

① （　　） (a) 300 萬　　　　(b) 30 萬　　　　(c) 313 萬

② （　　） (a) 5400 萬　　　 (b) 4500 萬　　　 (c) 450 萬

③ （　　） (a) 320 萬　　　　(b) 3100 萬　　　 (c) 3200 萬

④ （　　） (a) 8250 萬　　　 (b) 825 萬　　　　(c) 852 萬

⑤ （　　） (a) 1766 萬　　　 (b) 1617 萬　　　 (c) 1671 萬

⑥ （　　） (a) 3959 萬　　　 (b) 3599 萬　　　 (c) 395.9 萬

⑦ （　　） (a) 2092 萬　　　 (b) 2920 萬　　　 (c) 209 萬

⑧ （　　） (a) 1404 萬 5 千　 (b) 1442 萬 5 千　 (c) 4042 萬 5 千

⑨ （　　） (a) 1100 萬　　　 (b) 1001 萬　　　 (c) 1111 萬

⑩ （　　） (a) 550 萬　　　　(b) 5505 萬 6 千　 (c) 1505 萬 6 千

SCRIPTS & ANSWERS

PART 1：跟讀句的英文（僅供參考，請勿先看。）

1 基本模仿跟讀

① 12 million

② 31 million

③ 12 million and 2 hundred thousand

④ 54 million and 2 hundred and 10 thousand

⑤ 66 million and 5 hundred thousand

⑥ 70 million and 2 hundred and 50 thousand

⑦ 83 million and 1 hundred and 30 thousand

⑧ 99 million and 6 hundred and 20 thousand

⑨ 42 million and 9 hundred and 90 thousand

⑩ 30 million and 50 thousand

2 生活數字好好讀

① **Ford Automobile intends** to **invest tens** of **millions** of **US dollars** in **developing new** models.

② He **lost** about **13,000,000 Japanese yen** in **mutual funds**.

③ The **asking** price of **this** house is **22,000,000 Korean won**.

④ **Gosh! When** will I **ever** have **10 million Thai baht**?

⑤ The **mortgage** of my **house** is about **10,000,000 NT**.

⑥ **This library** has a **collection** of **48 million books**.

3 運算口說特訓

① 2.8 million times 10 equals 28 million.

② 32 million and 1 hundred thousand divided by 10 equals 3 million and 2 hundred and 10 thousand.

③ 2 million and 1 hundred thousand times 5.5 equals 11 million and 5 hundred and 50 thousand.

④ 12 million and 6 hundred thousand plus 3 million and 2 hundred thousand equals 15 million and 8 hundred thousand.

PART 2：EXERCISE 的解答

① **(a)** 3000 萬 ÷ 10 = 300 萬

② **(b)** 450 萬 × 10 = 4500 萬

③ **(c)** 32 萬 × 100 = 3200 萬

④ **(b)** 82.5 萬 × 10 = 825 萬

⑤ **(c)**

⑥ **(a)**

⑦ **(a)**

⑧ **(c)**

⑨ **(b)**

⑩ **(b)**

Lesson 10

千萬（二）
Ten Millions (2)

One-to-One 大師親領指導 ❶　基本模仿跟讀

TIPS! 耳聽英文、腦思中文、口說英文，口齒要清楚，並且請模仿我的發音和語調。

---

1. 3202 萬 3 千

分解速度 ▼	正常速度 ◯
❶ shadow me ❷ shadow me	❶ shadow me　❷ shadow me ❸ shadow me

---

2. 4009 萬 5 千

分解速度 ▼	正常速度 ◯
❶ shadow me ❷ shadow me	❶ shadow me　❷ shadow me ❸ shadow me

---

3. 3996 萬

分解速度 ▼	正常速度 ◯
❶ shadow me ❷ shadow me	❶ shadow me　❷ shadow me ❸ shadow me

4. 5211 萬 1 千

分解速度 ▼	正常速度 ▼
❶ shadow me	❶ shadow me ❷ shadow me
❷ shadow me	❸ shadow me

5. 9021 萬 5600

分解速度 ▼	正常速度 ▼
❶ shadow me	❶ shadow me ❷ shadow me
❷ shadow me	❸ shadow me

6. 3721 萬

分解速度 ▼	正常速度 ▼
❶ shadow me	❶ shadow me ❷ shadow me
❷ shadow me	❸ shadow me

7. 8909 萬 9 千

分解速度 ▼	正常速度 ▼
❶ shadow me	❶ shadow me ❷ shadow me
❷ shadow me	❸ shadow me

8. 5000 萬 6 千

分解速度 ▼	正常速度 ▼
❶ shadow me ❷ shadow me	❶ shadow me ❷ shadow me ❸ shadow me

9. 3559 萬 9500

分解速度 ▼	正常速度 ▼
❶ shadow me ❷ shadow me	❶ shadow me ❷ shadow me ❸ shadow me

10. 9999 萬 9863

分解速度 ▼	正常速度 ▼
❶ shadow me ❷ shadow me	❶ shadow me ❷ shadow me ❸ shadow me

TIPS! 英文句子在本課後，但請先不要看英文，只看著中文，和我一起說英文。

🛒 生活數字好好讀

🔘 **Track 38**

●…聊**金錢**這樣說…●

1. 他打算 <u>申請</u> **1280** 萬台幣的貸款。

★ 申請 apply for

分解速度 ⊙	正常速度 ⊙
❶ shadow me	❶ shadow me　❷ shadow me
❷ shadow me	❸ shadow me

●…聊**金錢**這樣說…●

2. 現在台北市許多房子都好幾千萬台幣。

分解速度 ⊙	正常速度 ⊙
❶ shadow me	❶ shadow me　❷ shadow me
❷ shadow me	❸ shadow me

●…聊**金錢**這樣說…●

3. 他的存款 <u>約</u> **1020** 萬港幣。

★ 大約 approximately [əˋprɑksəmɪtlɪ]

分解速度 ⊙	正常速度 ⊙
❶ shadow me	❶ shadow me　❷ shadow me
❷ shadow me	❸ shadow me

4. 這個 <u>執行長</u> 去年分了 **2600** 萬美元的紅利。

★ 執行長 CEO (Chief Executive Office)

分解速度 ⊙	正常速度 ⊙
❶ shadow me ❷ shadow me	❶ shadow me ❷ shadow me ❸ shadow me

5. 這個城市有 **1140** 萬人口。

分解速度 ⊙	正常速度 ⊙
❶ shadow me ❷ shadow me	❶ shadow me ❷ shadow me ❸ shadow me

6. 台灣 <u>目前的</u> 人口大約有 **2200** 萬。

★ 目前的 current [ˋkɝənt]

分解速度 ⊙	正常速度 ⊙
❶ shadow me ❷ shadow me	❶ shadow me ❷ shadow me ❸ shadow me

7. 他手中股票 <u>值</u> **8240** 萬台幣。

★ （價）值 worth [wɝθ]

分解速度 ⊙	正常速度 ⊙
❶ shadow me ❷ shadow me	❶ shadow me ❷ shadow me ❸ shadow me

1. 521 萬 × 2 = 1042 萬

分解速度 ▼	正常速度 ▼
❶ shadow me ❷ shadow me	❶ shadow me　❷ shadow me ❸ shadow me

2. 9620 萬 − 520 萬 = 9100 萬

分解速度 ▼	正常速度 ▼
❶ shadow me ❷ shadow me	❶ shadow me　❷ shadow me ❸ shadow me

3. 4321 萬 ÷ 5 = 864 萬 2 千

分解速度 ▼	正常速度 ▼
❶ shadow me ❷ shadow me	❶ shadow me　❷ shadow me ❸ shadow me

4. $\sqrt{1521}$ 萬 = 3900

分解速度 ▼	正常速度 ▼
❶ shadow me ❷ shadow me	❶ shadow me　❷ shadow me ❸ shadow me

EXERCISE 10

請聽 CD，選出正確的答案。

※ 本書所有的習題都可以拿紙筆，一邊聽英文，一邊直接計算，
　 但不可先看答案！

◎ **Track 40**

① (　　) (a) 1120 萬　　　　(b) 110 萬　　　　(c) 1000 萬

② (　　) (a) 132 萬　　　　(b) 1320 萬　　　　(c) 1230 萬

③ (　　) (a) 1021 萬　　　　(b) 1101 萬　　　　(c) 102 萬 1 千

④ (　　) (a) 164 萬　　　　(b) 1460 萬　　　　(c) 1640 萬

⑤ (　　) (a) 16 萬　　　　(b) 6 萬　　　　(c) 60 萬

⑥ (　　) (a) 210 萬　　　　(b) 201 萬　　　　(c) 21 萬

⑦ (　　) (a) 110 萬　　　　(b) 10 萬　　　　(c) 100 萬

⑧ (　　) (a) 1500 萬　　　　(b) 500 萬　　　　(c) 50 萬

⑨ (　　) (a) 420 萬　　　　(b) 2400 萬　　　　(c) 4200 萬

⑩ (　　) (a) 540 萬　　　　(b) 450 萬　　　　(c) 45 萬

SCRIPTS & ANSWERS

PART 1：跟讀句的英文（僅供參考，請勿先看。）

1 基本模仿跟讀

① 32 million and 23 thousand

② 40 million and 95 thousand

③ 39 million and 9 hundred and 60 thousand

④ 52 million and 1 hundred and 11 thousand

⑤ 90 million and 2 hundred and 15 thousand and 6 hundred

⑥ 37 million and 2 hundred and 10 thousand

⑦ 89 million and 99 thousand

⑧ 50 million and 6 thousand

⑨ 35 million and 5 hundred and 99 thousand and 5 hundred

⑩ 99 million and 9 hundred and 99 thousand and 8 hundred and 63

2 生活數字好好讀

① He **plans** to **apply** for a **12.8 million NT mortgage**.

② **Many houses** in **Taipei** city are worth **tens** of **millions** of **NT**.

③ He has **approximately HKD$10.2 million** in his **bank** account.

④ This **CEO** got a **bonus** of **US$26 million last year**.

⑤ There are **11.4 million people** in **this** city.

⑥ The **current population** of **Taiwan** is about **22 million**.

⑦ He **holds stock shares** worth **82.4 million NT**.

3 運算口說特訓

① 5 million and 2 hundred and 10 thousand times 2 equals 10 million and 4 hundred and 20 thousand.

② 96 million and 2 hundred thousand minus 5 million and 2 hundred thousand equals 91 million.

③ 43 million and 2 hundred and 10 thousand divided by 5 equals 8 million and 6 hundred and 42 thousand.

④ The square root of 15 million and 2 hundred and 10 thousand is 3 thousand and 9 hundred.

PART 2：EXERCISE 的解答

① **(a)** 820 萬 + 300 萬 = 1120 萬

② **(b)** 660 萬 × 2 = 1320 萬

③ **(a)** 921 萬 + 100 萬 = 1021 萬

④ **(c)** 820 萬 × 2 = 1640 萬

⑤ **(c)** 1200 萬 ÷ 20 = 60 萬

⑥ **(a)** 420 萬 – 210 萬 = 210 萬

⑦ **(c)** 1000 萬的 1/10 是 100 萬

⑧ **(b)** 2500 萬的 1/5 是 500 萬

⑨ **(c)** 3600 萬 + 600 萬 = 4200 萬

⑩ **(b)** 1500 萬的 30% 是 450 萬

Lesson 11

億（一）
Hundred Millions (1)

「億」的英文說法是，往右挪兩位，即 100 個「百萬」：

2 億	⇨	200 個 百萬
5.5 億	⇨	550 個 百萬
9 億 3 千萬	⇨	930 個 百萬
7 億 2420 萬	⇨	724 個 百萬 and 200 千

💿 **Track 41**

 **One-to-One 大師親領指導 ❶**　　**基本模仿跟讀**

TIPS! 耳聽英文、腦思中文、口說英文，口齒要清楚，並且請模仿我的發音和語調。

---

1. 2 億

分解速度 ▼	正常速度 ▼
❶ shadow me ❷ shadow me	❶ shadow me　❷ shadow me ❸ shadow me

---

2. 2 億 5 千萬

分解速度 ▼	正常速度 ▼
❶ shadow me ❷ shadow me	❶ shadow me　❷ shadow me ❸ shadow me

3. 9 億 8 千萬

分解速度 ▼	正常速度 ▼
❶ shadow me ❷ shadow me	❶ shadow me ❷ shadow me ❸ shadow me

4. 5 億零 5 百萬

分解速度 ▼	正常速度 ▼
❶ shadow me ❷ shadow me	❶ shadow me ❷ shadow me ❸ shadow me

5. 6 億 1 千 1 百萬

分解速度 ▼	正常速度 ▼
❶ shadow me ❷ shadow me	❶ shadow me ❷ shadow me ❸ shadow me

6. 3 億 3 千 3 百萬

分解速度 ▼	正常速度 ▼
❶ shadow me ❷ shadow me	❶ shadow me ❷ shadow me ❸ shadow me

7. 7 億 1 千 1 百萬

分解速度 ▼	正常速度 ▼
❶ shadow me ❷ shadow me	❶ shadow me ❷ shadow me ❸ shadow me

8. 6 億 5 千 7 百萬

分解速度 ▼	正常速度 ▼
❶ shadow me ❷ shadow me	❶ shadow me ❷ shadow me ❸ shadow me

9. 9 億 3 千 8 百萬

分解速度 ▼	正常速度 ▼
❶ shadow me ❷ shadow me	❶ shadow me ❷ shadow me ❸ shadow me

10. 8 億零 8 百萬

分解速度 ▼	正常速度 ▼
❶ shadow me ❷ shadow me	❶ shadow me ❷ shadow me ❸ shadow me

應用跟說 & 口譯練習

TIPS! 英文句子在本課後，但請先不要看英文，只看著中文，和我一起說英文。

🛒 生活數字好好讀

🎵 **Track 42**

●∴ 聊**時間**這樣說 ∴●

1. 這顆 恆星 有好幾億年了！

★ 恆星 fixed star

★ 行星 planet [ˋplænɪt]

分解速度 ⊙	正常速度 ◯
❶ shadow me	❶ shadow me ❷ shadow me
❷ shadow me	❸ shadow me

●∴ 聊**金錢**這樣說 ∴●

2. 紐約有一些房價高達數億美元。

分解速度 ⊙	正常速度 ◯
❶ shadow me	❶ shadow me ❷ shadow me
❷ shadow me	❸ shadow me

●∴ 聊**時間**這樣說 ∴●

3. 這個 化石 大約有 3 億 3 千萬年之久。

★ 化石 fossil [ˋfɑsl]

分解速度 ⊙	正常速度 ◯
❶ shadow me	❶ shadow me ❷ shadow me
❷ shadow me	❸ shadow me

4. 這個國家的人口有 **5** 億 **5** 千萬。

分解速度 ▼	正常速度 ◆
❶ shadow me	❶ shadow me ❷ shadow me
❷ shadow me	❸ shadow me

5. 我從沒看過 **1** 億元台幣的房子！

分解速度 ▼	正常速度 ◆
❶ shadow me	❶ shadow me ❷ shadow me
❷ shadow me	❸ shadow me

6. 我們公司將 <u>投資</u> **1** 億 **2** 千萬美金做 <u>研發</u>。

★ 投資 invest [ɪnˋvɛst]

★ 研發 R&D (research and development)

分解速度 ▼	正常速度 ◆
❶ shadow me	❶ shadow me ❷ shadow me
❷ shadow me	❸ shadow me

7. 這家餐廳年收入接近 **1** 億元人民幣。

分解速度 ▼	正常速度 ◆
❶ shadow me	❶ shadow me ❷ shadow me
❷ shadow me	❸ shadow me

---

1. 4 億 1 千萬 ÷ 2 = 2 億零 5 百萬

分解速度 ⊙	正常速度 ⊙
❶ shadow me ❷ shadow me	❶ shadow me ❷ shadow me ❸ shadow me

---

2. 3 千萬 × 25 = 7 億 5 千萬

分解速度 ⊙	正常速度 ⊙
❶ shadow me ❷ shadow me	❶ shadow me ❷ shadow me ❸ shadow me

---

3. 2 億 − 2.5 億 = − 5 千萬

分解速度 ⊙	正常速度 ⊙
❶ shadow me ❷ shadow me	❶ shadow me ❷ shadow me ❸ shadow me

---

4. 2 萬的平方是 4 億。

分解速度 ⊙	正常速度 ⊙
❶ shadow me ❷ shadow me	❶ shadow me ❷ shadow me ❸ shadow me

EXERCISE 11

請聽 CD，選出正確的答案。

※ 本書所有的習題都可以拿紙筆，一邊聽英文，一邊直接計算，
　 但不可先看答案！

🔊 Track 44

① ( )	(a) 3 千萬	(b) 3 億	(c) 3 百萬
② ( )	(a) 2200 萬	(b) 2 億 2 千萬	(c) 2 億零 200 萬
③ ( )	(a) 4600 萬	(b) 4 億 6000 萬	(c) 4 億零 600 萬
④ ( )	(a) 1 億 1 千 1 百萬	(b) 1100 萬	(c) 1 億零 11 萬
⑤ ( )	(a) 8 億	(b) 8000 萬	(c) 800 萬
⑥ ( )	(a) 1000 萬	(b) 1 億	(c) 100 萬
⑦ ( )	(a) 1200 萬	(b) 1 億 2 千萬	(c) 1 億零 200 萬
⑧ ( )	(a) 8 億	(b) 8000 萬	(c) 800 萬
⑨ ( )	(a) 1.1 億	(b) 1 億	(c) 1100 萬
⑩ ( )	(a) 300 萬	(b) 3 億	(c) 3000 萬

SCRIPTS & ANSWERS

PART 1：跟讀句的英文（僅供參考，請勿先看。）

1 基本模仿跟讀

① 2 hundred million

② 2 hundred and 50 million

③ 9 hundred and 80 million

④ 5 hundred and 5 million

⑤ 6 hundred and 11 million

⑥ 3 hundred and 33 million

⑦ 7 hundred and 11 million

⑧ 6 hundred and 57 million

⑨ 9 hundred and 38 million

⑩ 8 hundred and 8 million

2 生活數字好好讀

① This **star** is **hundreds of millions**[※] **years old**.

※ 這個 million 接在 hundreds of 之後，是名詞，複數須加 " s "。

② Some **houses** in **New York** cost **hundreds** of **millions** of **US dollars**.

③ The **fossil** is about **330 million years old**.

④ The **population** of **this country** is **550 million**.

⑤ I have **never** seen a **house** that is **worth NT$100 million**!

⑥ Our **company** is **going** to **invest 120 million US dollars** in **R&D**.

⑦ The **yearly income** of this **restaurant** is **near 100 million RMB yuans**.

3 運算口說特訓

① 4 hundred and 10 million divided by 2 equals 2 hundred and 5 million.

② 30 million times 25 equals 7 hundred and 50 million.

③ 2 hundred million minus 2 hundred 50 million equals minus 50 million.

④ The square of 20 thousand is 4 hundred million.

PART 2：EXERCISE 的解答

① **(b)**

② **(b)**

③ **(c)**

④ **(a)**

⑤ **(a)**

⑥ **(b)** 3 億 ÷ 3 = 1 億

⑦ **(b)** 4000 萬 × 3 = 1 億 2 千萬

⑧ **(a)** 2 億 × 4 = 8 億

⑨ **(a)** 3.3 億 ÷ 3 = 1.1 億

⑩ **(c)** 3 億的 1/10 是 3000 萬

Lesson 12

億（二）
Hundred Millions (2)

One-to-One 大師親領指導 ❶ 基本模仿跟讀

TIPS! 耳聽英文、腦思中文、口說英文，口齒要清楚，並且請模仿我的發音和語調。

---

1. 1 億 1 千萬

分解速度 ▼	正常速度 ▼
❶ shadow me ❷ shadow me	❶ shadow me　❷ shadow me ❸ shadow me

---

2. 2 億 2 千 520 萬

分解速度 ▼	正常速度 ▼
❶ shadow me ❷ shadow me	❶ shadow me　❷ shadow me ❸ shadow me

---

3. 4 億 3 千 526 萬

分解速度 ▼	正常速度 ▼
❶ shadow me ❷ shadow me	❶ shadow me　❷ shadow me ❸ shadow me

4. 2 億零 392 萬

分解速度 ⊙	正常速度 ⊙
❶ shadow me	❶ shadow me　❷ shadow me
❷ shadow me	❸ shadow me

5. 5 億 3372 萬 4 千

分解速度 ⊙	正常速度 ⊙
❶ shadow me	❶ shadow me　❷ shadow me
❷ shadow me	❸ shadow me

6. 6 億 4502 萬

分解速度 ⊙	正常速度 ⊙
❶ shadow me	❶ shadow me　❷ shadow me
❷ shadow me	❸ shadow me

7. 7 億 2015 萬 5 千

分解速度 ⊙	正常速度 ⊙
❶ shadow me	❶ shadow me　❷ shadow me
❷ shadow me	❸ shadow me

8. 9 億零 900 萬

分解速度 ⊙	正常速度 ⊙
❶ shadow me ❷ shadow me	❶ shadow me ❷ shadow me ❸ shadow me

9. 3 億 3510 萬

分解速度 ⊙	正常速度 ⊙
❶ shadow me ❷ shadow me	❶ shadow me ❷ shadow me ❸ shadow me

10. 1 億 1920 萬 5320

分解速度 ⊙	正常速度 ⊙
❶ shadow me ❷ shadow me	❶ shadow me ❷ shadow me ❸ shadow me

TIPS! 英文句子在本課後,但請先不要看英文,只看著中文,和我一起說英文。

🛒 生活數字好好讀

🔘 **Track 46**

聊**金錢**這樣說

1. 這幅畫 目前 值 1.8 億歐元。

★ 目前 currently [ˋkɝəntlɪ]

分解速度 ⊽	正常速度 ⊽
❶ shadow me ❷ shadow me	❶ shadow me ❷ shadow me ❸ shadow me

聊**金錢**這樣說

2. 我 很難 想像數億台幣的車子是什麼樣子。

★ 幾乎不 hardly [ˋhardlɪ]

分解速度 ⊽	正常速度 ⊽
❶ shadow me ❷ shadow me	❶ shadow me ❷ shadow me ❸ shadow me

聊**金錢**這樣說

3. 我們公司去年賺了 4 億 5000 萬美金。

分解速度 ⊽	正常速度 ⊽
❶ shadow me ❷ shadow me	❶ shadow me ❷ shadow me ❸ shadow me

●•... 聊**金錢**這樣說 ··•●

4. 這個 <u>骨董</u> 值 **1** 億元美金。

★ 骨董 antique [æn`tik]

分解速度 🔻	正常速度 🔽
❶ shadow me	❶ shadow me ❷ shadow me
❷ shadow me	❸ shadow me

●•... 聊**金錢**這樣說 ··•●

5. 他的 <u>帳戶</u> <u>餘額</u> 有 **1** 億 **6300** 萬台幣存款。

★ 帳戶 account [ə`kaʊnt]

★ 餘額 balance [`bæləns]

分解速度 🔻	正常速度 🔽
❶ shadow me	❶ shadow me ❷ shadow me
❷ shadow me	❸ shadow me

●•... 聊**金錢**這樣說 ··•●

6. 他的 <u>房地產</u> 總值將近 **2** 億美金。

★ 房地產 real estate [`riəl ɪs`tet]

分解速度 🔻	正常速度 🔽
❶ shadow me	❶ shadow me ❷ shadow me
❷ shadow me	❸ shadow me

---

1. 2 億 2 千萬 5 百萬 ÷ 10 = 2250 萬

分解速度 ⦿	正常速度 ⦿
❶ shadow me ❷ shadow me	❶ shadow me ❷ shadow me ❸ shadow me

---

2. 1 億 2600 萬 × 2 = 2 億 5200 萬

分解速度 ⦿	正常速度 ⦿
❶ shadow me ❷ shadow me	❶ shadow me ❷ shadow me ❸ shadow me

---

3. 3 億 8 千萬 – 2 億 = 1 億 8 千萬

分解速度 ⦿	正常速度 ⦿
❶ shadow me ❷ shadow me	❶ shadow me ❷ shadow me ❸ shadow me

---

4. 2000^3 = 8 億

分解速度 ⦿	正常速度 ⦿
❶ shadow me ❷ shadow me	❶ shadow me ❷ shadow me ❸ shadow me

EXERCISE 12

請聽 CD，選出正確的答案。

※ 本書所有的習題都可以拿紙筆，一邊聽英文，一邊直接計算，
　　但不可先看答案！

Track 48

① （　　） (a) 2600 萬　　　　(b) 2 億 6 千萬　　　(c) 2 億零 6 百萬

② （　　） (a) 3500 萬　　　　(b) 3 億 1500 萬　　(c) 3 億 5 千萬

③ （　　） (a) 1 億 1120 萬　 (b) 120 萬　　　　　(c) 1120 萬

④ （　　） (a) 220 萬　　　　 (b) 2 億 2000 萬　　(c) 2200 萬

⑤ （　　） (a) 1 億　　　　　 (b) 100 萬　　　　　(c) 1000 萬

⑥ （　　） (a) 1 億零 200 萬　(b) 1200 萬　　　　 (c) 1 億 2000 萬

⑦ （　　） (a) 1500 萬　　　　(b) 500 萬　　　　　(c) 5000 萬

⑧ （　　） (a) 3.8 億　　　　　(b) 3800 萬　　　　 (c) 380 萬

⑨ （　　） (a) 999 萬　　　　 (b) 9 億 9920 萬　　(c) 9992 萬

⑩ （　　） (a) 8 億 8080 萬　 (b) 8 億 8880 萬　　(c) 8888 萬

SCRIPTS & ANSWERS

PART 1：跟讀句的英文（僅供參考，請勿先看。）

1 基本模仿跟讀

① 1 hundred and 10 million

② 2 hundred and 25 million and 2 hundred thousand

③ 4 hundred and 35 million and 2 hundred and 60 thousand

④ 2 hundred and 3 million and 9 hundred and 20 thousand

⑤ 5 hundred and 33 million and 7 hundred and 24 thousand

⑥ 6 hundred and 45 million and 20 thousand

⑦ 7 hundred and 20 million and 1 hundred and 55 thousand

⑧ 9 hundred and 9 million

⑨ 3 hundred and 35 million and 1 hundred thousand

⑩ 1 hundred and 19 million and 2 hundred and 5 thousand and 3 hundred and 20

2 生活數字好好讀

① **This painting** is **currently** worth **180 million euros.**

② I can **hardly imagine what** a **car** worth a **hundred million NT** would be **like.**

③ **Our company** made **US$ 450 million last year.**

④ This **antique** is worth **US$100 million.**

⑤ The **balance** in his **account** is **163 million NT.**

⑥ His **total real estate assets** are worth **nearly 200 million US dollars.**

3 運算口說特訓

① 2 hundred and 25 million divided by 10 equals 22 million and 5 hundred thousand (= 22.5 million).

② 1 hundred and 26 million times 2 equals 2 hundred and 52 million.

③ 3 hundred and 80 million minus 2 hundred million equals 1 hundred and 80 million.

④ 2 thousand to the third power is 8 hundred million.

PART 2：EXERCISE 的解答

① (b)   ② (c)

③ (a)   ④ (b)

⑤ (a) 100 萬 × 100 = 1 億   ⑥ (c) 1200 萬 × 10 = 1 億 2000 萬

⑦ (c) 5 億 ÷ 10 = 5000 萬   ⑧ (a)

⑨ (b)   ⑩ (a)

Lesson 13

十億（一）
Billion (1)

「十億」在英文裡是一個完整的單位，所以它有專門的說法：billion。

30 億	⇨	3 billion
40 億	⇨	4 billion
55 億	⇨	5.5 billion（或 5 billion and 500 million）
68 億 5 千萬	⇨	6 billion and 850 million

Track 49

One-to-One 大師親領指導 ❶　　**基本模仿跟讀**

TIPS! 耳聽英文、腦思中文、口說英文，口齒要清楚，並且請模仿我的發音和語調。

---

1. 20 億

分解速度 ▼	正常速度 ▼
❶ shadow me ❷ shadow me	❶ shadow me　❷ shadow me ❸ shadow me

---

2. 32 億

分解速度 ▼	正常速度 ▼
❶ shadow me ❷ shadow me	❶ shadow me　❷ shadow me ❸ shadow me

3. 48 億

分解速度 ▼	正常速度 ▼
❶ shadow me ❷ shadow me	❶ shadow me　❷ shadow me ❸ shadow me

4. 92 億

分解速度 ▼	正常速度 ▼
❶ shadow me ❷ shadow me	❶ shadow me　❷ shadow me ❸ shadow me

5. 93 億 1 千萬

分解速度 ▼	正常速度 ▼
❶ shadow me ❷ shadow me	❶ shadow me　❷ shadow me ❸ shadow me

6. 42 億 5 千萬

分解速度 ▼	正常速度 ▼
❶ shadow me ❷ shadow me	❶ shadow me　❷ shadow me ❸ shadow me

7. 86 億 3 千萬

分解速度 ⊙	正常速度 ⊙
❶ shadow me ❷ shadow me	❶ shadow me ❷ shadow me ❸ shadow me

8. 72 億 7 千萬

分解速度 ⊙	正常速度 ⊙
❶ shadow me ❷ shadow me	❶ shadow me ❷ shadow me ❸ shadow me

9. 69 億 9 千萬

分解速度 ⊙	正常速度 ⊙
❶ shadow me ❷ shadow me	❶ shadow me ❷ shadow me ❸ shadow me

10. 18 億 2500 萬

分解速度 ⊙	正常速度 ⊙
❶ shadow me ❷ shadow me	❶ shadow me ❷ shadow me ❸ shadow me

TIPS! 英文句子在本課後，但請先不要看英文，只看著中文，和我一起說英文。

🛒 生活數字好好讀

🔊 **Track 50**

●·… 聊**金錢**這樣說 …·●

1. 根據報導，賈伯斯過世時，光是 現金就留了 **15** 億美金給他的妻兒。

★ 根據報導 allegedly [əˋlɛdʒdlɪ]

★ 光是 alone [əˋlon]

分解速度 ▼	正常速度 ▼
❶ shadow me	❶ shadow me ❷ shadow me
❷ shadow me	❸ shadow me

●·… 聊**金錢**這樣說 …·●

2. 這些 商品 可以賣到 **10** 億台幣嗎？

★ 商品 merchandise [ˋmɝtʃənˌdaɪz]

分解速度 ▼	正常速度 ▼
❶ shadow me	❶ shadow me ❷ shadow me
❷ shadow me	❸ shadow me

●·… 聊**金錢**這樣說 …·●

3. 這幅畫在 拍賣會 上以 **12** 億日幣高價賣出。

★ 拍賣會 auction [ˋɔkʃən]

分解速度 ▼	正常速度 ▼
❶ shadow me	❶ shadow me ❷ shadow me
❷ shadow me	❸ shadow me

●... 聊**金錢**這樣說 ...●

4. 他們公司今年賺了近 **10** 億美金。

分解速度 ⊙	正常速度 ◆
❶ shadow me	❶ shadow me ❷ shadow me
❷ shadow me	❸ shadow me

●... 聊**金錢**這樣說 ...●

5. <u>勞斯萊斯</u> 至今一共賺了 **56** 億英鎊嗎？

★ 勞斯萊斯 Rolls-Royce [ˋrolsˋrɔɪs]

分解速度 ⊙	正常速度 ◆
❶ shadow me	❶ shadow me ❷ shadow me
❷ shadow me	❸ shadow me

●... 聊**金錢**這樣說 ...●

6. 我們公司 <u>期待</u> 今年能 <u>賺</u> 到 **12** 億台幣。

★ 期待 expect [ɪkˋspɛkt]

★ 賺 gain [gen]

分解速度 ⊙	正常速度 ◆
❶ shadow me	❶ shadow me ❷ shadow me
❷ shadow me	❸ shadow **me**

運算口說特訓

---

1. 2 億 × 30 = 60 億

分解速度 ⊙	正常速度 ⊙
❶ shadow me ❷ shadow me	❶ shadow me ❷ shadow me ❸ shadow me

---

2. 14 億 ÷ 2 = 7 億

分解速度 ⊙	正常速度 ⊙
❶ shadow me ❷ shadow me	❶ shadow me ❷ shadow me ❸ shadow me

---

3. 16 億 8 千萬 ÷ 2 = 8 億 4 千萬

分解速度 ⊙	正常速度 ⊙
❶ shadow me ❷ shadow me	❶ shadow me ❷ shadow me ❸ shadow me

---

4. 20 億 − 16 億 3 千萬 = 3 億 7 千萬

分解速度 ⊙	正常速度 ⊙
❶ shadow me ❷ shadow me	❶ shadow me ❷ shadow me ❸ shadow me

請聽 CD，選出正確的答案。

※ 本書所有的習題都可以拿紙筆，一邊聽英文，一邊直接計算，
　 但不可先看答案！

 Track 52

① (　　) (a) 2 億 1 千萬　　(b) 21 億　　　(c) 2100 萬

② (　　) (a) 3600 萬　　　(b) 3.6 億　　　(c) 36 億

③ (　　) (a) 4.1 億　　　(b) 1.4 億　　　(c) 41 億

④ (　　) (a) 6.4 億　　　(b) 64 億　　　(c) 6400 萬

⑤ (　　) (a) 3300 萬　　　(b) 33 億　　　(c) 3 億 3 千萬

⑥ (　　) (a) 20 億 3 千萬　(b) 21 億 3 千萬　(c) 2 億 3 千萬

⑦ (　　) (a) 49 億　　　(b) 39 億　　　(c) 4.9 億

⑧ (　　) (a) 5 億　　　(b) 15 億　　　(c) 50 億

⑨ (　　) (a) 9.9 億　　　(b) 99 億　　　(c) 9900 萬

⑩ (　　) (a) 1 億零 110 萬　(b) 11 億 1100 萬　(c) 10 億 1100 萬

Scripts & Answers

PART 1：跟讀句的英文（僅供參考，請勿先看。）

1 基本模仿跟讀

① 2 billion

② 3.2 billion or 3 billion and 2 hundred million

③ 4.8 billion or 4 billion and 8 hundred million

④ 9.2 billion or 9 billion and 2 hundred million

⑤ 9 billion and 3 hundred and 10 million

⑥ 4 billion and 2 hundred and 50 million

⑦ 8 billion and 6 hundred and 30 million

⑧ 7 billion and 2 hundred and 70 million

⑨ 6 billion and 9 hundred and 90 million

⑩ 1 billion and 8 hundred and 25 million

2 生活數字好好讀

① **Allegedly, cash alone, Steve Jobs** left **1.5 billion US dollars** to his **wife** and **children**.

② Can **these merchandise** be **sold** for **NT\$1 billion**?

③ This **painting** was **sold** for **1.2 billion Japanese yen at auction**.

④ Their **company** has made **nearly one billion US dollars** this year.

⑤ Has **Rolls-Royce made** £**5.6 billion altogether** up to the **present**?

⑥ **Our company** is **expecting gains** of **NT\$1.2 billion this** year.

3 運算口說特訓

① 2 hundred million times 30 equals 6 billion.

② 1 billion and 4 hundred million (= 1.4 billion) divided by 2 equals 7 hundred million.

③ 1 billion and 6 hundred and 80 million divided by 2 equals 8 hundred and 40 million.

④ 2 billion minus 1 billion and 6 hundred and 30 million equals 3 hundred and 70 million.

PART 2：EXERCISE 的解答

① (a)　② (c)　③ (c)　④ (b)　⑤ (c)

⑥ (a)　⑦ (a)　⑧ (c)　⑨ (b)　⑩ (b)

Lesson 14

十億（二）
Billion (2)

基本模仿跟讀

TIPS! 耳聽英文、腦思中文、口說英文，口齒要清楚，並且請模仿我的發音和語調。

---

1. 92 億 3125 萬 5 千

分解速度 ▼	正常速度 ▼
❶ shadow me ❷ shadow me	❶ shadow me ❷ shadow me ❸ shadow me

---

2. 30 億 1520 萬

分解速度 ▼	正常速度 ▼
❶ shadow me ❷ shadow me	❶ shadow me ❷ shadow me ❸ shadow me

---

3. 49 億 7120 萬

分解速度 ▼	正常速度 ▼
❶ shadow me ❷ shadow me	❶ shadow me ❷ shadow me ❸ shadow me

4. 50 億 5500 萬

分解速度 ▼	正常速度 ▼
❶ shadow me ❷ shadow me	❶ shadow me ❷ shadow me ❸ shadow me

5. 98 億 3120 萬 5230

分解速度 ▼	正常速度 ▼
❶ shadow me ❷ shadow me	❶ shadow me ❷ shadow me ❸ shadow me

6. 48 億 1251 萬 1120

分解速度 ▼	正常速度 ▼
❶ shadow me ❷ shadow me	❶ shadow me ❷ shadow me ❸ shadow me

7. 39 億零 4500

分解速度 ▼	正常速度 ▼
❶ shadow me ❷ shadow me	❶ shadow me ❷ shadow me ❸ shadow me

8. 22 億 2120 萬

分解速度 ⊙	正常速度 ⊙
❶ shadow me	❶ shadow me ❷ shadow me
❷ shadow me	❸ shadow me

9. 89 億 3232 萬

分解速度 ⊙	正常速度 ⊙
❶ shadow me	❶ shadow me ❷ shadow me
❷ shadow me	❸ shadow me

10. 49 億 7120 萬 3700

分解速度 ⊙	正常速度 ⊙
❶ shadow me	❶ shadow me ❷ shadow me
❷ shadow me	❸ shadow me

 **One-to-One 大師親領指導❷** 應用跟說 & 口譯練習

TIPS! 英文句子在本課後，但請先不要看英文，只看著中文，和我一起說英文。

🛒 生活數字好好讀

🔊 Track 54

●･. 聊人數這樣說 ･●

1. 中國大陸的 <u>人口</u> 大約是 **13** 億。

★ 人口 population [ˌpɑpjəˋleʃən]

分解速度 ▼	正常速度 ▼
❶ shadow me	❶ shadow me ❷ shadow me
❷ shadow me	❸ shadow me

●･. 聊人數這樣說 ･●

2. 印度的人口大約是 **12** 億。

分解速度 ▼	正常速度 ▼
❶ shadow me	❶ shadow me ❷ shadow me
❷ shadow me	❸ shadow me

●･. 聊人數這樣說 ･●

3. 全世界的總人口已 <u>超過</u> **70** 億。

★ 超過 exceed [ɪkˋsid]

分解速度 ▼	正常速度 ▼
❶ shadow me	❶ shadow me ❷ shadow me
❷ shadow me	❸ shadow me

 運算口說特訓

---

1. 20 億 6 千萬 − 18 億 6 千萬 = 2 億

分解速度 ⏷	正常速度 ⏷
❶ shadow me ❷ shadow me	❶ shadow me　❷ shadow me ❸ shadow me

---

2. 36 億 ÷ 15 = 2 億 4 千萬

分解速度 ⏷	正常速度 ⏷
❶ shadow me ❷ shadow me	❶ shadow me　❷ shadow me ❸ shadow me

---

3. 3200 萬 × 3.6 = 1 億 1520 萬

分解速度 ⏷	正常速度 ⏷
❶ shadow me ❷ shadow me	❶ shadow me　❷ shadow me ❸ shadow me

---

4. 9 萬的二次方是 81 億。

分解速度 ⏷	正常速度 ⏷
❶ shadow me ❷ shadow me	❶ shadow me　❷ shadow me ❸ shadow me

EXERCISE 14

請聽 CD，選出正確的答案。

※ 本書所有的習題都可以拿紙筆，一邊聽英文，一邊直接計算，
　 但不可先看答案！

🔘 **Track 56**

①	（　）	(a) 63 億	(b) 6.3 億	(c) 6300 萬
②	（　）	(a) 22 億 1 千萬	(b) 32 億零 1 百萬	(c) 32 億 1 千萬
③	（　）	(a) 4 億 5200 萬	(b) 44 億 5200 萬	(c) 45 億 5200 萬
④	（　）	(a) 3000 萬	(b) 3 億	(c) 30 億
⑤	（　）	(a) 2400 萬	(b) 24 億	(c) 2.4 億
⑥	（　）	(a) 20 億 2100 萬	(b) 21 億 2 千萬	(c) 21 億零 200 萬
⑦	（　）	(a) 10 億 1 千萬	(b) 1 億 1 千萬	(c) 1100 萬
⑧	（　）	(a) 2600 萬	(b) 2 億 6 千萬	(c) 26 億
⑨	（　）	(a) 2 億 3500 萬	(b) 23 億零 520 萬	(c) 23 億 5200 萬
⑩	（　）	(a) 31 億	(b) 3.1 億	(c) 3100 萬

SCRIPTS & ANSWERS

PART 1：跟讀句的英文（僅供參考，請勿先看。）

1 基本模仿跟讀

① 9 billion 2 hundred and 31 million and 2 hundred and 55 thousand

② 3 billion and 15 million and 2 hundred thousand

③ 4 billion and 9 hundred and 71 million and 2 hundred thousand

④ 5 billion and 55 million

⑤ 9 billion and 8 hundred and 31 million and 2 hundred and 5 thousand and 2 hundred and 30

⑥ 4 billion and 8 hundred and 12 million and 5 hundred and 11 thousand and 1 hundred and 20

⑦ 3 billion and 9 hundred million and 4 thousand and 5 hundred

⑧ 2 billion and 2 hundred and 21 million and 2 hundred thousand

⑨ 8 billion and 9 hundred and 32 million and 3 hundred and 20 thousand

⑩ 4 billion and 9 hundred and 71 million and 2 hundred and 3 thousand and 7 hundred

2 生活數字好好讀

① The **population** of **mainland China** is around **1.3 billion**.

② The **population** of **India** is around **1.2 billion**.

③ The **total population** of the **world** has **exceeded 7 billion**.

3 運算口說特訓

① 2 billion and 60 million minus 1 billion and 8 hundred and 60 million equals 2 hundred million.

② 3 billion and 6 hundred million (= 3.6 billion) divided by 15 equals 2 hundred and 40 million.

③ 32 million times 3.6 equals 1 hundred and 15 million and 2 hundred thousand.

④ 90 thousand to the second power is 8 billion and 1 hundred million (= 8.1 billion) .

PART 2：EXERCISE 的解答

① **(a)**　② **(c)**　③ **(c)**　④ **(c)** 3 億 × 10 = 30 億　⑤ **(b)** 4 億 × 6 = 24 億

⑥ **(b)**　⑦ **(a)**　⑧ **(b)**　⑨ **(c)**　⑩ **(a)**

Lesson 15

百億（一）
Ten Billions (1)

「百億」的英文是十個 billion：

1 百億	加一個零 ⇨	10 billion
2 百億	加一個零 ⇨	20 billion
220 億	往左挪一位 ⇨	22 billion
345 億	往左挪一位 ⇨	34.5 billion
		（或 34 billion and 500 million）
633 億 2 千萬	往左挪一位 ⇨	63 billion and 320 million

🔘 **Track 57**

One-to-One 大師親領指導 ❶　基本模仿跟讀

TIPS! 耳聽英文、腦思中文、口說英文，口齒要清楚，並且請模仿我的發音和語調。

1. 100 億	跟讀 ▶	❶ shadow me ❷ shadow me ❸ shadow me

2. 220 億	跟讀 ▶	❶ shadow me ❷ shadow me ❸ shadow me

3. 390 億	跟讀 ▶	❶ shadow me ❷ shadow me ❸ shadow me

| 4. 420 億 | 跟讀 ▶ | ❶ shadow me
❷ shadow me
❸ shadow me |

| 5. 240 億 | 跟讀 ▶ | ❶ shadow me
❷ shadow me
❸ shadow me |

| 6. 102 億 | 跟讀 ▶ | ❶ shadow me
❷ shadow me
❸ shadow me |

| 7. 309 億 | 跟讀 ▶ | ❶ shadow me
❷ shadow me
❸ shadow me |

| 8. 429 億 | 跟讀 ▶ | ❶ shadow me
❷ shadow me
❸ shadow me |

| 9. 555 億 | 跟讀 ▶ | ❶ shadow me
❷ shadow me
❸ shadow me |

| 10. 982 億 4 千萬 | 跟讀 ▶ | ❶ shadow me
❷ shadow me
❸ shadow me |

**One-to-One 大師親領指導 ②** | 應用跟說 & 口譯練習

TIPS! 英文句子在本課後，但請先不要看英文，只看著中文，和我一起說英文。

🛒 生活數字好好讀

🔘 **Track 58**

●‥‥ 聊**金錢**這樣說 ‥‥●

1. 什麼？他在 <u>股市</u> 一共賺了 **210** 億元台幣？

★ 股市 stock market

分解速度 ▼	正常速度 ▼
❶ shadow me	❶ shadow me ❷ shadow me
❷ shadow me	❸ shadow me

●‥‥ 聊**金錢**這樣說 ‥‥●

2. 這個 <u>珠寶</u> 總值 **350** 億元日幣。

★ 珠寶 jewelry [ˋdʒuəlrɪ]

分解速度 ▼	正常速度 ▼
❶ shadow me	❶ shadow me ❷ shadow me
❷ shadow me	❸ shadow me

●‥‥ 聊**容量**這樣說 ‥‥●

3. 這個 <u>水庫</u> 能儲存 **100 ～ 150** 億 <u>公噸</u> 的水。

★ 水庫 reservoir [ˋrɛzɚˏvɔr]
★ 公噸 ton [tʌn]

分解速度 ▼	正常速度 ▼
❶ shadow me	❶ shadow me ❷ shadow me
❷ shadow me	❸ shadow me

---

1. 20 億 + 100 億 = 120 億

分解速度 ▼	正常速度 ▼
❶ shadow me ❷ shadow me	❶ shadow me　❷ shadow me ❸ shadow me

---

2. 620 億 – 200 億 = 420 億

分解速度 ▼	正常速度 ▼
❶ shadow me ❷ shadow me	❶ shadow me　❷ shadow me ❸ shadow me

---

3. 363 億 ÷ 30 = 12 億 1 千萬

分解速度 ▼	正常速度 ▼
❶ shadow me ❷ shadow me	❶ shadow me　❷ shadow me ❸ shadow me

---

4. 3 億 8 千萬 × 40 = 152 億

分解速度 ▼	正常速度 ▼
❶ shadow me ❷ shadow me	❶ shadow me　❷ shadow me ❸ shadow me

EXERCISE 15

請聽 CD，選出正確的答案。

※ 本書所有的習題都可以拿紙筆，一邊聽英文，一邊直接計算，
　 但不可先看答案！

Track 60

① (　　) (a) 200 億　　(b) 20 億　　(c) 2 億

② (　　) (a) 320 億　　(b) 32 億　　(c) 3.2 億

③ (　　) (a) 400 億　　(b) 40 億　　(c) 4 億

④ (　　) (a) 4.6 億　　(b) 460 億　　(c) 46 億

⑤ (　　) (a) 8.1 億　　(b) 810 億　　(c) 8100 萬

⑥ (　　) (a) 10 億　　(b) 10.8 億　　(c) 108 億

⑦ (　　) (a) 22.2 億　　(b) 220 億　　(c) 222 億

⑧ (　　) (a) 360 億　　(b) 36 億　　(c) 3.6 億

⑨ (　　) (a) 990 億　　(b) 99 億　　(c) 9900 萬

⑩ (　　) (a) 1.3 億　　(b) 1300 萬　　(c) 13 億

Scripts & Answers

Part 1：跟讀句的英文（僅供參考，請勿先看。）

1 基本模仿跟讀

① 10 billion

② 22 billion

③ 39 billion

④ 42 billion

⑤ 24 billion

⑥ 10.2 billion or 10 billion and 2 hundred million

⑦ 30.9 billion or 30 billion and 9 hundred million

⑧ 42.9 billion or 42 billion and 9 hundred million

⑨ 55.5 billion or 55 billion and 5 hundred million

⑩ 98 billion and 2 hundred 40 million

2 生活數字好好讀

① **What**? He **made 21 billion NT** in **total** from the **stock market**?

② **This jewelry** is **worth 35 billion Japanese yen**.

③ **This reservoir** can **hold** between **10** to **15 billion tons** of **water**.

3 運算口說特訓

① 2 billion plus 10 billion equals 12 billion.

② 62 billion minus 20 billion equals 42 billion.

③ 36 billion and 3 hundred million (= 36.3 billion) divided by 30 equals 1 billion and 2 hundred and 10 million.

④ 3 hundred and 80 million times 40 equals 15 billion and 2 hundred million.

Part 2：EXERCISE 的解答

① **(a)**　② **(a)**　③ **(a)**　④ **(b)**　⑤ **(b)**

⑥ **(c)**　⑦ **(c)**　⑧ **(a)**　⑨ **(a)**　⑩ **(c)**

Lesson 16

百億（二）
Ten Billions (2)

One-to-One 大師親領指導 ❶ 基本模仿跟讀

TIPS! 耳聽英文、腦思中文、口說英文，口齒要清楚，並且請模仿我的發音和語調。

---

1. 131 億 4200 萬

分解速度 ▼	正常速度 ▼
❶ shadow me	❶ shadow me ❷ shadow me
❷ shadow me	❸ shadow me

---

2. 212 億 3180 萬

分解速度 ▼	正常速度 ▼
❶ shadow me	❶ shadow me ❷ shadow me
❷ shadow me	❸ shadow me

---

3. 505 億 4300 萬

分解速度 ▼	正常速度 ▼
❶ shadow me	❶ shadow me ❷ shadow me
❷ shadow me	❸ shadow me

4. 329 億零 111 萬

分解速度 ⊙	正常速度 ⊙
❶ shadow me ❷ shadow me	❶ shadow me ❷ shadow me ❸ shadow me

5. 409 億 1305 萬 5200

分解速度 ⊙	正常速度 ⊙
❶ shadow me ❷ shadow me	❶ shadow me ❷ shadow me ❸ shadow me

6. 720 億 2201 萬零 600

分解速度 ⊙	正常速度 ⊙
❶ shadow me ❷ shadow me	❶ shadow me ❷ shadow me ❸ shadow me

7. 888 億 6726 萬

分解速度 ⊙	正常速度 ⊙
❶ shadow me ❷ shadow me	❶ shadow me ❷ shadow me ❸ shadow me

8. 996 億 3720 萬

分解速度 ▼	正常速度 ▼
❶ shadow me ❷ shadow me	❶ shadow me ❷ shadow me ❸ shadow me

9. 111 億 2229 萬

分解速度 ▼	正常速度 ▼
❶ shadow me ❷ shadow me	❶ shadow me ❷ shadow me ❸ shadow me

10. 325 億 1102 萬零 502

分解速度 ▼	正常速度 ▼
❶ shadow me ❷ shadow me	❶ shadow me ❷ shadow me ❸ shadow me

TIPS! 英文句子在本課後，但請先不要看英文，只看著中文，和我一起說英文。

生活數字好好讀

Track 62

●… 聊**金錢**這樣說 …●

1. 這家 半導體 公司去年一共賠了 **225** 億零 **300** 萬美金。

★ 半導體 semi-conductor [ˌsɛmɪkənˋdʌktə]

分解速度 ⊙	正常速度 ⊙
❶ shadow me	❶ shadow me ❷ shadow me
❷ shadow me	❸ shadow me

●… 聊**時間**這樣說 …●

2. 這些化石有 **100** 億年嗎？

分解速度 ⊙	正常速度 ⊙
❶ shadow me	❶ shadow me ❷ shadow me
❷ shadow me	❸ shadow me

●… 聊**金錢**這樣說 …●

3. 我們公司今年的營收 目標 是 **420** 億台幣。

★ 目標 look at

分解速度 ⊙	正常速度 ⊙
❶ shadow me	❶ shadow me ❷ shadow me
❷ shadow me	❸ shadow me

4. 今天的股市一共 <u>蒸發</u> 了 **495** 億 **8300** 萬美元。

★ 消失 disappear [ˌdɪsəˈpɪr]

分解速度 ⊙	正常速度 ⊙
❶ shadow me	❶ shadow me ❷ shadow me
❷ shadow me	❸ shadow me

5. 日本打算 <u>進口</u> **320** 億元日幣的 <u>鋼鐵</u>。

★ 進口 import [ɪmˈport]

★ 鋼鐵 steel [stil]

分解速度 ⊙	正常速度 ⊙
❶ shadow me	❶ shadow me ❷ shadow me
❷ shadow me	❸ shadow me

1. 4 億 × 16.2 = 64 億 8 千萬

分解速度 ⊙	正常速度 ⊙
❶ shadow me	❶ shadow me　❷ shadow me
❷ shadow me	❸ shadow me

2. 288 億 ÷ 288 = 1 億

分解速度 ⊙	正常速度 ⊙
❶ shadow me	❶ shadow me　❷ shadow me
❷ shadow me	❸ shadow me

3. 360 億 ÷ 30 = 12 億

分解速度 ⊙	正常速度 ⊙
❶ shadow me	❶ shadow me　❷ shadow me
❷ shadow me	❸ shadow me

4. 625 億的 1/3 是多少 ?

分解速度 ⊙	正常速度 ⊙
❶ shadow me	❶ shadow me　❷ shadow me
❷ shadow me	❸ shadow me

EXERCISE 16

請聽 CD，選出正確的答案。

※ 本書所有的習題都可以拿紙筆，一邊聽英文，一邊直接計算，
　　但不可先看答案！

		(a)	(b)	(c)
①	( )	(a) 260 億	(b) 26 億	(c) 2.6 億
②	( )	(a) 33 億	(b) 330 億	(c) 3 億 3 千萬
③	( )	(a) 90 億	(b) 9 億	(c) 900 億
④	( )	(a) 990 億	(b) 990 萬	(c) 9.9 億
⑤	( )	(a) 232 億	(b) 2 億 3200 萬	(c) 23.2 億
⑥	( )	(a) 421 億	(b) 42 億 1 千萬	(c) 4 億 2100 萬
⑦	( )	(a) 99 億	(b) 9.9 億	(c) 99 億
⑧	( )	(a) 11.8 億	(b) 118 億	(c) 1 億 1800 萬
⑨	( )	(a) 1000 萬	(b) 10 億	(c) 100 億
⑩	( )	(a) 250 億	(b) 2.5 億	(c) 2500 萬

SCRIPTS & ANSWERS

PART 1：跟讀句的英文（僅供參考，請勿先看。）

1 基本模仿跟讀

① 13 billion and 1 hundred and 42 million

② 21 billion and 2 hundred and 31 million and 8 hundred thousand

③ 50 billion and 5 hundred and 43 million

④ 32 billion and 9 hundred and 1 million and hundred and 10 thousand

⑤ 40 billion and 9 hundred and 13 million and 55 thousand and 2 hundred

⑥ 72 billion and 22 million and 10 thousand and 6 hundred

⑦ 88 billion and 8 hundred and 67 million and 2 hundred and 60 thousand

⑧ 99 billion and 6 hundred and 37 million and 2 hundred thousand

⑨ 11 billion and 1 hundred and 22 million and 2 hundred and 90 thousand

⑩ 32 billion and 5 hundred and 11 million and 20 thousand and 5 hundred and 2

2 生活數字好好讀

① This **semi-conductor company** lost **US$22,503,000,000 last** year.

② Are **these fossils 10 billion years old**?

③ Our **company** is **looking** at **NT$ 42 billion** in **gains this** year.

④ A **total** of **US$49,583,000,000 disappeared** in **today's stock** market.

⑤ **Japan intends** to **import steel** for **JPY$ 32 billion**.

3 運算口說特訓

① 4 hundred million times 16.2 equals 6 billion and 4 hundred and 80 million.

② 28 billion and 8 hundred million divided by 2 hundred and 88 equals 1 hundred million.

③ 36 billion divided by 30 equals 1.2 billion.

④ How much is 1/3 of 62 billion and 5 hundred million (= 62.5 billion)?

PART 2：EXERCISE 的解答

① **(c)**　② **(c)**　③ **(a)**　④ **(a)**　⑤ **(a)**　⑥ **(b)**　⑦ **(b)**　⑧ **(b)**

⑨ **(c)**　50 億 + 50 億 = 100 億　⑩ **(c)**　1000 萬 × 2.5 = 2500 萬

Lesson 17

千億（一）
Hundred Billions (1)

 基本模仿跟讀

TIPS! 在跟讀時，眼睛不可離開中文數字。

	跟讀 ▶	❶ shadow me ❷ shadow me ❸ shadow me
1. 1320 億		

	跟讀 ▶	❶ shadow me ❷ shadow me ❸ shadow me
2. 2251 億		

	跟讀 ▶	❶ shadow me ❷ shadow me ❸ shadow me
3. 4000 億		

	跟讀 ▶	❶ shadow me ❷ shadow me ❸ shadow me
4. 9201 億		

	跟讀 ▶	❶ shadow me ❷ shadow me ❸ shadow me
5. 3005 億		

	跟讀 ▶	❶ shadow me ❷ shadow me ❸ shadow me
6. 4860 億		

7. 5020 億	跟讀 ▶	❶ shadow me ❷ shadow me ❸ shadow me

8. 4890 億	跟讀 ▶	❶ shadow me ❷ shadow me ❸ shadow me

9. 2002 億	跟讀 ▶	❶ shadow me ❷ shadow me ❸ shadow me

10. 1116 億	跟讀 ▶	❶ shadow me ❷ shadow me ❸ shadow me

TIPS! 英文句子在本課後，但請先不要看英文，只看著中文，和我一起說英文。

🛒 生活數字好好讀

●•∴ 聊**金錢**這樣說 ∵•●

1. 他們去年的 <u>總收入</u> 是 **3210** 億台幣。

★ 總收入 total income

分解速度 ⊙	正常速度 ◯
❶ shadow me	❶ shadow me ❷ shadow me
❷ shadow me	❸ shadow me

●•∴ 聊**金錢**這樣說 ∵•●

2. 這些 桶 裝 石油 的 <u>成本</u> 一共是 **1200** 億美元。

★ 桶 barrel [ˋbærəl]

★ 石油 petroleum [pəˋtrolɪəm]

★ 成本 cost [kɔst]

分解速度 ⊙	正常速度 ◯
❶ shadow me	❶ shadow me ❷ shadow me
❷ shadow me	❸ shadow me

●•∴ 聊**金錢**這樣說 ∵•●

3. 他在 **10** 年內賺了 **5** 千多億歐元。

分解速度 ⊙	正常速度 ◯
❶ shadow me	❶ shadow me ❷ shadow me
❷ shadow me	❸ shadow me

聊**重量**這樣說

4. 這些水總**重** 2092 億公噸。

★ 有……重量 weigh [we]

分解速度 ⊙	正常速度 ⊙
❶ shadow me	❶ shadow me ❷ shadow me
❷ shadow me	❸ shadow me

聊**金錢**這樣說

5. 在 2011 年，<u>希臘</u> 的 <u>國債</u> 超過 5000 億美元。

★ 希臘 Greece [gris]
★ 國債 national <u>debt</u> [dɛt]

分解速度 ⊙	正常速度 ⊙
❶ shadow me	❶ shadow me ❷ shadow me
❷ shadow me	❸ shadow me

聊**金錢**這樣說

6. 這家公司的 <u>資本</u> 是 2352 億 9200 萬日幣。

★ 資本 capital [ˋkæpət!]

分解速度 ⊙	正常速度 ⊙
❶ shadow me	❶ shadow me ❷ shadow me
❷ shadow me	❸ shadow me

1. 2000 億 + 3200 億 = 5200 億

分解速度 ▼	正常速度 ▼
❶ shadow me ❷ shadow me	❶ shadow me ❷ shadow me ❸ shadow me

2. 200 億 × 20 = 4000 億

分解速度 ▼	正常速度 ▼
❶ shadow me ❷ shadow me	❶ shadow me ❷ shadow me ❸ shadow me

3. 1800 萬 × 2500 = 450 億

分解速度 ▼	正常速度 ▼
❶ shadow me ❷ shadow me	❶ shadow me ❷ shadow me ❸ shadow me

4. 15 萬的平方是 225 億。

分解速度 ▼	正常速度 ▼
❶ shadow me ❷ shadow me	❶ shadow me ❷ shadow me ❸ shadow me

EXERCISE 17

請聽 CD，選出正確的答案。

※ 本書所有的習題都可以拿紙筆，一邊聽英文，一邊直接計算，
但不可先看答案！

Track 68

① （　　） (a) 220 億　　(b) 2.2 億　　(c) 22 億

② （　　） (a) 31 億　　(b) 30 億 1 千萬　　(c) 3.1 億

③ （　　） (a) 1440 億　　(b) 14.4 億　　(c) 144 億

④ （　　） (a) 300 億　　(b) 30 億　　(c) 3 億

⑤ （　　） (a) 13.3 億　　(b) 1330 億　　(c)133 億

⑥ （　　） (a) 6 億 2500 萬　(b) 620 億 2500 萬　(c) 62 億 2500 萬

⑦ （　　） (a) 3303 億　　(b) 3300 億零 300 萬　(c) 300 億零 30 萬

⑧ （　　） (a) 139 億　　(b) 1390 億　　(c) 13.9 億

⑨ （　　） (a) 120 億　　(b) 20 億　　(c) 2000 億

⑩ （　　） (a) 6 億　　(b) 60 億　　(c) 600 億

SCRIPTS & ANSWERS

PART 1：跟讀句的英文（僅供參考，請勿先看。）

1 基本模仿跟讀

① 1 hundred and 32 billion

② 2 hundred and 25 billion and 1 hundred million

③ 4 hundred billion

④ 9 hundred and 20 billion and 1 hundred million

⑤ 3 hundred billion and 5 hundred million

⑥ 4 hundred and 86 billion

⑦ 5 hundred and 2 billion

⑧ 4 hundred and 89 billion

⑨ 2 hundred billion and 2 hundred million

⑩ hundred and 11 billion and 6 hundred million

2 生活數字好好讀

① Their **total income last** year was **321 billion NT**.

② The **cost** of **these barrels** of **petroleum** is **120 billion US dollars**.

③ They **have made more** than **500 billion euros** in **10 years**.

④ The **water** weighs **209. 2 billion tons** in total.

⑤ In **2011**, the **national debt** of **Greece** had **exceeded US$ 500 billion**.

⑥ This **company's capital** is **235,292,000,000 Japanese yen**.

3 運算口說特訓

① 2 hundred billion plus 3 hundred and 20 billion equals 5 hundred and 20 billion.

② 20 billion times 20 equals 4 hundred billion.

③ 18 million times 2 thousand and 5 hundred equals 45 billion.

④ The square of hundred and 50 thousand is 22 billion and 5 hundred million.

PART 2：EXERCISE 的解答

① **(a)**   ② **(a)**   ③ **(a)**   ④ **(a)**   ⑤ **(b)**   ⑥ **(b)**   ⑦ **(b)**   ⑧ **(b)**

⑨ **(c)** 200 億 × 10 = 2000 億   ⑩ **(c)** 150 億 × 4 = 600 億

Lesson 18

千億（二）
Hundred Billions (2)

One-to-One 大師親領指導 ❶ 基本模仿跟讀

TIPS! 在跟讀時，眼睛不可離開中文數字。

---

1. 3265 億

分解速度 ⊙	正常速度 ⊙
❶ shadow me ❷ shadow me	❶ shadow me ❷ shadow me ❸ shadow me

---

2. 4402 億 5 千萬

分解速度 ⊙	正常速度 ⊙
❶ shadow me ❷ shadow me	❶ shadow me ❷ shadow me ❸ shadow me

---

3. 3251 億 1100 萬

分解速度 ⊙	正常速度 ⊙
❶ shadow me ❷ shadow me	❶ shadow me ❷ shadow me ❸ shadow me

4. 6253 億

分解速度 ▼	正常速度 ▼
❶ shadow me ❷ shadow me	❶ shadow me　❷ shadow me ❸ shadow me

5. 4592 億零 200 萬

分解速度 ▼	正常速度 ▼
❶ shadow me ❷ shadow me	❶ shadow me　❷ shadow me ❸ shadow me

6. 1111 億 1100 萬

分解速度 ▼	正常速度 ▼
❶ shadow me ❷ shadow me	❶ shadow me　❷ shadow me ❸ shadow me

7. 5560 億 3100 萬

分解速度 ▼	正常速度 ▼
❶ shadow me ❷ shadow me	❶ shadow me　❷ shadow me ❸ shadow me

8. 1213 億 5500 萬

分解速度 ⊙	正常速度 ⊙
❶ shadow me ❷ shadow me	❶ shadow me ❷ shadow me ❸ shadow me

9. 921 億

分解速度 ⊙	正常速度 ⊙
❶ shadow me ❷ shadow me	❶ shadow me ❷ shadow me ❸ shadow me

10. 1000 億零 100 萬

分解速度 ⊙	正常速度 ⊙
❶ shadow me ❷ shadow me	❶ shadow me ❷ shadow me ❸ shadow me

TIPS! 英文句子在本課後，但請先不要看英文，只看著中文，和我一起說英文。

🛒 生活數字好好讀

🔘 **Track 70**

●●⋯ 聊時間這樣說 ⋯●●

1. 我們的 宇宙 有幾千億年之久嗎？

★ 宇宙 universe [ˋjunəˏvɝs]

分解速度 ▽	正常速度 ▽
❶ shadow me ❷ shadow me	❶ shadow me ❷ shadow me ❸ shadow me

●●⋯ 聊容量這樣說 ⋯●●

2. 這個國家去年一共 用 了 5220 億公噸的水。

★ 消耗 consume [kənˋsum]

分解速度 ▽	正常速度 ▽
❶ shadow me ❷ shadow me	❶ shadow me ❷ shadow me ❸ shadow me

●●⋯ 聊金錢這樣說 ⋯●●

3. 有些 落後 國家的領導人 貪污，挪用公款 高達數百億美元！

★ 落後的 underdeveloped [ˏʌndədɪˋvɛləpt]

★ 貪污的、腐敗的 corrupt [kəˋrʌpt]

★ 挪用公款 embezzle [ɪmˋbɛzl]

分解速度 ▽	正常速度 ▽
❶ shadow me ❷ shadow me	❶ shadow me ❷ shadow me ❸ shadow me

 運算口說特訓

 Track 71

1. 3320 億 + 2200 萬 = 3320 億 2200 萬	
分解速度 ⊙	正常速度 ⊙
❶ shadow me ❷ shadow me	❶ shadow me ❷ shadow me ❸ shadow me

2. 5300 億 − 1300 億 = 4000 億	
分解速度 ⊙	正常速度 ⊙
❶ shadow me ❷ shadow me	❶ shadow me ❷ shadow me ❸ shadow me

3. 1 億 6500 萬 × 321 = 529 億 6500 萬	
分解速度 ⊙	正常速度 ⊙
❶ shadow me ❷ shadow me	❶ shadow me ❷ shadow me ❸ shadow me

4. 5 億的三倍是多少？	
分解速度 ⊙	正常速度 ⊙
❶ shadow me ❷ shadow me	❶ shadow me ❷ shadow me ❸ shadow me

EXERCISE 18

請聽 CD，選出正確的答案。

※ 本書所有的習題都可以拿紙筆，一邊聽英文，一邊直接計算，
　 但不可先看答案！

 Track 72

① (　　) (a) 260 億　　　(b) 2.6 億　　　(c) 2600 億

② (　　) (a) 105 萬　　　(b) 1500 萬　　(c) 1050 億

③ (　　) (a) 3800 萬　　(b) 3.8 億　　　(c) 3800 億

④ (　　) (a) 4320 億　　(b) 4320 萬　　(c) 43.2 億

⑤ (　　) (a) 2200 億　　(b) 220 億　　　(c) 20 億

⑥ (　　) (a) 900 億　　　(b) 90 億　　　(c) 9000 億

⑦ (　　) (a) 1300 億　　(b) 3100 億　　(c) 3100 萬

⑧ (　　) (a) 5000 萬　　(b) 1500 億　　(c) 50 億

⑨ (　　) (a) 42.2 億　　(b) 420 億　　　(c) 4202 億

⑩ (　　) (a) 560 億　　　(b) 56 億　　　(c) 5600 億

Scripts & Answers

Part 1：跟讀句的英文（僅供參考，請勿先看。）

1 基本模仿跟讀

① 3 hundred and 26 billion and 5 hundred million

② 4 hundred and 40 billion and 2 hundred and 50 million

③ 3 hundred and 25 billion and 1 hundred and 11 million

④ 6 hundred and 25 billion and 3 hundred million

⑤ 4 hundred and 59 billion and 2 hundred and 2 million

⑥ 1 hundred and 11 billion and 1 hundred and 11 million

⑦ 5 hundred and 56 billion and 31 million

⑧ 1 hundred and 21 billion and 3 hundred and 55 million

⑨ 92 billion and 1 hundred million

⑩ 1 hundred billion and 1 million

2 生活數字好好讀

① Is our **universe hundreds of billions**※ of **years old**?

　※ 這個 billion 不是形容詞（後面沒有名詞），而是名詞，複數要加 "s"。

② **This country consumed** a **total of 522 billion tons** of **water last** year.

③ **Some leaders** of **underdeveloped countries** are **corrupt** and have **embezzled many tens** of **billions** of **US dollars**!

3 運算口說特訓

① 3 hundred and 32 billion plus 22 million equals 3 hundred and 32 billion and 2 hundred and 22 million.

② 5 hundred and 30 billion minus 1 hundred and 30 billion equals 4 hundred billion.

③ Hundred and 65 million times 3 hundred and 21 equals 52 billion and 9 hundred and 65 million.

④ What's the triple of 5 hundred million?

Part 2：EXERCISE 的解答

① **(c)**　② **(c)**　③ **(c)**　④ **(a)**　⑤ **(a)** 2000 億 + 200 億 = 2200 億

⑥ **(a)** 90 億 × 10 = 900 億　⑦ **(b)**　⑧ **(b)** 300 億 + 1200 億 = 1500 億

⑨ **(c)**　⑩ **(c)**

Lesson 19

兆

Trillion

「兆」是一個很大的數字，但因為它有自己的單位，所以它的英文比其他的數字簡單。

戰勝英數要訣 8

「兆」 = trillion [ˈtrɪljən]

1 兆	⇨	1 trillion
5 兆	⇨	5 trillion
5.5 兆（＝5 兆 5 千億）	⇨	5.5 trillion
10 兆	⇨	10 trillion
100 兆	⇨	100 trillion
120 兆	⇨	120 trillion
5 兆 2600 億	⇨	5 trillion and 260 billion
7 兆 3620 億	⇨	7 trillion and 362 billion

 基本模仿跟讀

TIPS! 耳聽英文、腦思中文、口說英文，口齒要清楚，並且請模仿我的發音和語調。

---

1. 3 兆 2 千億

跟讀 ▶
❶ shadow me
❷ shadow me
❸ shadow me

---

2. 1 兆 3500 億

跟讀 ▶
❶ shadow me
❷ shadow me
❸ shadow me

---

3. 5 兆 6200 億

跟讀 ▶
❶ shadow me
❷ shadow me
❸ shadow me

---

4. 4 兆 4 千億

跟讀 ▶
❶ shadow me
❷ shadow me
❸ shadow me

---

5. 3 兆零 800 億

跟讀 ▶
❶ shadow me
❷ shadow me
❸ shadow me

---

6. 6 兆 6200 億

跟讀 ▶
❶ shadow me
❷ shadow me
❸ shadow me

---

7. 7 兆 8300 億 9200 萬

分解速度 ⊙	正常速度 ⊙
❶ shadow me ❷ shadow me	❶ shadow me ❷ shadow me ❸ shadow me

8. 2 兆 3200 億零 700 萬

分解速度 ⊙	正常速度 ⊙
❶ shadow me ❷ shadow me	❶ shadow me ❷ shadow me ❸ shadow me

9. 10 兆	跟讀 ▶	❶ shadow me ❷ shadow me ❸ shadow me

10. 1 兆 2 千億	跟讀 ▶	❶ shadow me ❷ shadow me ❸ shadow me

應用跟說 & 口譯練習

TIPS! 英文句子在本課後，但請先不要看英文，只看著中文，和我一起說英文。

🛒 生活數字好好讀

🔘 **Track 74**

●⋯ 聊**金錢**這樣說 ⋯●

1. 這個國家去年的 <u>GDP</u> 是 2 兆 2 千億美元。

★ GDP：gross domestic product 國民生產毛額

分解速度 ⊙	正常速度 ⊙
❶ shadow me ❷ shadow me	❶ shadow me　❷ shadow me ❸ shadow me

●⋯ 聊**金錢**這樣說 ⋯●

2. 他們每年的 <u>廣告</u> <u>預算</u> 都達 2 兆台幣！

★ 廣告、商業的 commercial [kə`mɝʃəl]

電視廣告 TV commercial

報紙雜誌廣告 advertisement

★ 預算 budget [`bʌdʒɪt]

分解速度 ⊙	正常速度 ⊙
❶ shadow me ❷ shadow me	❶ shadow me　❷ shadow me ❸ shadow me

3. 我們希望今年的 <u>營收</u> 能 <u>破</u> **2** 兆日幣。

★ 營收 earnings [ˋɝnɪŋz]

★ 突破 exceed [ɪkˋsid]

分解速度 ⊙	正常速度 ⊙
❶ shadow me	❶ shadow me ❷ shadow me
❷ shadow me	❸ shadow me

4. 老闆說，如果今年 <u>營業</u> 破兆，每人就 <u>加薪</u> **15%** ！

★ 營業 sales [selz]

★ 加薪 raise salary

分解速度 ⊙	正常速度 ⊙
❶ shadow me	❶ shadow me ❷ shadow me
❷ shadow me	❸ shadow me

5. 這位 <u>大亨</u> 有 **2** 兆 **3250** 億台幣的 <u>資產</u>。

★ 大亨 tycoon [taɪˋkun]

★ 資產 asset [ˋæsɛt]

分解速度 ⊙	正常速度 ⊙
❶ shadow me	❶ shadow me ❷ shadow me
❷ shadow me	❸ shadow me

1. 1 兆 − 2500 億 = 7500 億

分解速度 ▽	正常速度 ▽
❶ shadow me	❶ shadow me ❷ shadow me
❷ shadow me	❸ shadow me

2. 9 兆 ÷ 3 萬 = 3 億

分解速度 ▽	正常速度 ▽
❶ shadow me	❶ shadow me ❷ shadow me
❷ shadow me	❸ shadow me

3. 236 萬 × 825 = 19 億 4700 萬

分解速度 ▽	正常速度 ▽
❶ shadow me	❶ shadow me ❷ shadow me
❷ shadow me	❸ shadow me

4. √9 兆 = 300 萬

分解速度 ▽	正常速度 ▽
❶ shadow me	❶ shadow me ❷ shadow me
❷ shadow me	❸ shadow me

EXERCISE 19

請聽 CD，選出正確的答案。

※ 本書所有的習題都可以拿紙筆，一邊聽英文，一邊直接計算，
　　但不可先看答案！

Track 76

① （　　） (a) 3.8 兆　　　　　(b) 3800 億　　　(c) 38 億

② （　　） (a) 38 億　　　　　(b) 3800 萬　　　(c) 3.8 億

③ （　　） (a) 450 億　　　　(b) 45 億　　　　(c) 4 兆 5 千億

④ （　　） (a) 45 億　　　　　(b) 450 萬　　　(c) 4.5 億

⑤ （　　） (a) 6200 億　　　(b) 620 億　　　(c) 62 億

⑥ （　　） (a) 6200 萬　　　(b) 62 億　　　　(c) 620 億

⑦ （　　） (a) 2 兆零 8200 萬　(b) 2 兆零 82 億　(c) 2 兆 8200 億

⑧ （　　） (a) 2820 億　　　(b) 8200 億　　　(c) 8200 萬

⑨ （　　） (a) 12 億　　　　　(b) 1200 億　　　(c) 120 億

⑩ （　　） (a) 1 兆零 2 千萬　(b) 1 兆 2 千億　　(c) 1 兆零 2 百萬

SCRIPTS & ANSWERS

PART 1：跟讀句的英文（僅供參考，請勿先看。）

1 基本模仿跟讀

① 3 trillion and 2 hundred billion

② 1 trillion and 3 hundred and 50 billion

③ 5 trillion and 6 hundred and 20 billion

④ 4 trillion and 4 hundred billion

⑤ 3 trillion and 80 billion

⑥ 6 trillion and 6 hundred and 20 billion

⑦ 7 trillion 8 hundred and 30 billion and 92 million

⑧ 2 trillion 3 hundred and 20 billion and 7 million

⑨ 10 trillion

⑩ 1 trillion and 2 hundred billion

2 生活數字好好讀

① **This country's GDP** was **2 trillion and 200 billion US dollars last** year.

② Their **yearly commercial budget always reaches two trillion NT**!

③ We **hope this year's earnings** will **exceed two trillion Japanese yen.**

④ The **boss** said that if our **sales exceed one trillion, each** of **us** will **get** a **15% raise** in **salary**!

⑤ This **tycoon** has **total assets** of **2 trillion** and **325 billion NT**.

3 運算口說特訓

① 1 trillion minus 2 hundred and 50 billion equals 7 hundred and 50 billion.

② 9 trillion divided by 30 thousand equals 3 hundred million.

③ 2 million and 3 hundred and 60 thousand times 8 hundred and 25 equals 1 billion and 9 hundred and 47 million.

④ The square root of 9 trillion is 3 million.

PART 2：EXERCISE 的解答

① (c)　② (c)　③ (a)　④ (c)　⑤ (b)　⑥ (b)　⑦ (c)　⑧ (c)　⑨ (c)　⑩ (b)

STEP **3**

 加值篇

Lesson 20

常見圖形

Common Figures

 **One-to-One 加值練習** 常見圖形跟讀

TIPS! 本課請都跟著我各讀兩遍。

1. circle [ˋsɝkḷ] (n.) 圓形
   round [raʊnd] (adj.) 圓的

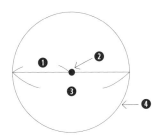

❶ radius [ˋredɪəs] 半徑
❷ origin [ˋɔrədʒɪn] 圓心　※ 重音不要放錯
❸ diameter [daɪˋæmətə] 直徑
❹ circumference [səˋkʌmfərəns] 圓周

2. triangle [ˋtraɪˌæŋgḷ] (n.) 三角形

❶ height [haɪt] 高
❷ base [bes] 底
❸ side [saɪd] 邊

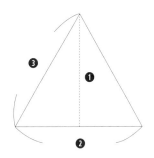

3. square [skɛr] (n.) 正方形

❶ angle [ˋæŋgḷ] 角
❷ side [saɪd] 邊
❸ diagonal [daɪˋægənḷ] 對角線

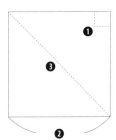

4. rectangle [rɛk`tæŋgl̩] (n.) 長方形

5. trapezium [trə`pizɪəm] (n.) 梯形

6. rhombus [`rambəs] (n.) 菱形

7. sector [`sɛktɚ] (n.) 扇形

8. oval [`ovl̩] (n.) 橢圓形

9. sphere [sfɪr] (n.) 球體

請聽 CD，選出正確的答案。

Track 78

① (　　) (a) ◯　　　(b) △　　　(c) ▱

② (　　) (a) ▭　　　(b) ◇　　　(c) ▱

③ (　　) (a) △　　　(b) ▭　　　(c) ▽

④ (　　) (a) ◯　　　(b) ▽　　　(c) ▱

⑤ (　　) (a) 圓周　　(b) 直徑　　(c) 半徑

⑥ (　　) (a) 圓周　　(b) 圓心　　(c) 半徑

⑦ (　　) (a) △　　　(b) ▱　　　(c) ◇

⑧ (　　) (a) 長　　　(b) 寬　　　(c) 高

⑨ (　　) (a) 圓周　　(b) ◯　　　(c) ◇

⑩ (　　) (a) 半徑　　(b) 直徑　　(c) ▽

解答

① **(b)** triangle　② **(c)** trapezium　③ **(a)** triangle　④ **(c)** trapezium　⑤ **(a)** circumference

⑥ **(b)** origin　⑦ **(b)** trapezium　⑧ **(c)** height　⑨ **(b)** oval　⑩ **(c)** sector

Lesson 21

常用數字
Numbers in Daily Life
（年份、電話號碼與其他）

TIPS! 讀者聆聽時，除了一邊同步練習之外，也可注意自己是否也會不小心犯下同樣的錯誤，藉以加深印象。為了加強邏輯及中英文的轉換速度，我們不寫出英文句子、不看英文，而直接眼看中文、腦思英文，作立即口說。作完此練習之後，方可選取 TRACK 82，聆聽完整的大師示範。

❶ 學生唸 ▷ ❷ 大師指正 ▷ ❸ 大師帶你唸 ▷ ❹ 聆聽大師示範

1 年份　　 Track 79

① 在 1970 年代
② 1986 年 ～ 1992 年
③ 在 1830 年代
④ 1768 年
⑤ 在 18 世紀
⑥ 在 20 世紀
⑦ 在 21 世紀
⑧ 在 2000 年
⑨ 2008 年
⑩ 2013 年

2 電話號碼　　Track 80

① 你電話幾號？
② 我的電話號碼是 23390123。
③ 你的區域號碼幾號？

④ 我的區域號碼是 02，國碼是 886。

⑤ 你的手機幾號？

⑥ 我的手機是 0926339088。

⑦ 你可以告訴我你的手機號碼和家用電話號碼嗎？

⑧ 你要先打 02，再打 27030425。

⑨ 哇！27805888 是一個吉祥號碼耶！

⑩ 你的號碼是 0931921411 還是 0931912411 ？

3 其他常用號碼 Track 81

① 我的房號是 1312。

② 我的房號是 620。

③ 一共是 US$13.25 元。

④ 一共 US$230.85 元。

⑤ 56.8 四捨五入到 57。

⑥ 46.3 四捨五入到 46。

⑦ 我現在 21 歲，快 22 歲了。

⑧ UA901 班機將在 6:25 準時到達。

⑨ 前往台中的火車將在 8:38 要啟動了。

⑩ 我姪子的生日是 8 月 17 號，我表妹的生日是 9 月 30 號。

📖 🔓 SCRIPTS

1 年份

① in the 1970s (nineteen seventies)

② from 1986 (nineteen eighty-six) to 1992 (nineteen ninety-two)

③ in the 1830s (eighteen thirties)　　④ 1768 (seventeen sixty-eight)

⑤ in the 18th (eighteenth) century　　⑥ in the 20th (twentieth) century

⑦ in the 21st (twenty first) century　　⑧ in year 2 thousand

⑨ 2 thousand 8　　⑩ twenty thirteen

2 電話號碼

① What's your telephone number?

② My telephone number is 23390123.

③ What's your area code?

④ My area code is 02, and my country code is 886.

⑤ What's your cell phone number?

⑥ My cell phone number is 0926339088.

⑦ May I have your cell phone number and home phone number?

⑧ You must first dial 02 than you dial 27030425.

⑨ Wow! 27805888 is a lucky number.

⑩ Your telephone number 09311921411 or 0931912411?

3 其他常用號碼

① My room number is 1312 (thirteen twelve).

② My room number is 620 (six twenty).

③ It's 13.25 (thirteen twenty-five) all together.

④ It's 230.85 (2 hundred thirty and eighty-five) all together.

⑤ 56.8 is rounded up to 57.

⑥ 46.3 is rounded down to 46.

⑦ I am 21, going on 22.

⑧ Flight UA901 (nine zero one) is going to arrive at 6:25 (six twenty-five) on time.

⑨ The train for Taichung is going to leave at 8:38 (eight thirty-eight).

⑩ My nephew's birthday is on August 17th (seventeenth) and my cousin's birthday is on September 30th (thirtieth).

※ 注意 thirtieth [θɜtɪɪθ]，讀者的發音通常少了一個音節。

NOTES

NOTES

國家圖書館出版品預行編目資料

口譯大師的One-to-One數字跟讀課 / 郭岱宗著. -- 初版. --
臺北市：貝塔, 2012.10
　　面：　公分
ISBN 978-957-729-901-7（平裝附光碟片）
1.英語　2.數字　3.會話　4.口譯
805.188　　　　　　　　　　　　101018125

口譯大師的 One-to-One 數字跟讀課

作　　者／郭岱宗
執行編輯／游玉旻

出　　版／貝塔出版有限公司
地　　址／100 台北市中正區館前路 26 號 6 樓
電　　話／(02) 2314-2525
傳　　真／(02) 2312-3535
郵　　撥／19493777 貝塔出版有限公司
客服專線／(02) 2314-3535
客服信箱／btservice@betamedia.com.tw

經　　銷／高見文化行銷股份有限公司
地　　址／新北市樹林區佳園路二段 70-1 號
客服專線／0800-055-365
傳真號碼／(02) 2668-6220

出版日期／2012 年 10 月初版一刷
定　　價／280 元
I S B N／978-957-729-901-7

喚醒你的英文語感！

對折後釘好，直接寄回即可！

100 台北市中正區館前路12號11樓

 貝塔語言出版 收
Beta Multimedia Publishing

寄件者住址 □ □ □

貝塔語言出版
Beta Multimedia Publishing

讀者服務專線（02）2314-3535　　讀者服務傳真（02）2312-353
客戶服務信箱　btservice@betamedia.com.tw

www.betamedia.com.tw

謝謝您購買本書！！

貝塔語言擁有最優良之英文學習書籍，為提供您最佳的英語學習資訊，您可填妥此表後寄回（免貼郵票）將可不定期收到本公司最新發行書訊及活動訊息！

姓名：＿＿＿＿＿＿＿＿＿＿＿　性別：☐男 ☐女　生日：＿＿＿年＿＿＿月＿＿＿日

電話：(公)＿＿＿＿＿＿＿＿＿(宅)＿＿＿＿＿＿＿＿＿(手機)＿＿＿＿＿＿＿＿＿

電子信箱：＿＿＿＿＿＿＿＿＿＿＿＿＿＿＿＿＿＿＿＿＿＿

學歷：☐高中職含以下　☐專科　☐大學　☐研究所含以上

職業：☐金融 ☐服務 ☐傳播 ☐製造 ☐資訊 ☐軍公教 ☐出版

　　　☐自由 ☐教育 ☐學生 ☐其他

職級：☐企業負責人 ☐高階主管 ☐中階主管 ☐職員 ☐專業人士

1. 您購買的書籍是？＿＿＿＿＿＿＿＿＿＿＿＿＿＿＿＿＿＿

2. 您從何處得知本產品？(可複選)

　　　☐書店 ☐網路 ☐書展 ☐校園活動 ☐廣告信函 ☐他人推薦 ☐新聞報導 ☐其他

3. 您覺得本產品價格：

　　　☐偏高 ☐合理 ☐偏低

4. 請問目前您每週花了多少時間學英語？

　　　☐ 不到十分鐘 ☐ 十分鐘以上，但不到半小時 ☐ 半小時以上，但不到一小時

　　　☐ 一小時以上，但不到兩小時 ☐ 兩個小時以上 ☐ 不一定

5. 通常在選擇語言學習書時，哪些因素是您會考慮的？

　　　☐ 封面 ☐ 內容、實用性 ☐ 品牌 ☐ 媒體、朋友推薦 ☐ 價格 ☐ 其他＿＿＿＿

6. 市面上您最需要的語言書種類為？

　　　☐ 聽力 ☐ 閱讀 ☐ 文法 ☐ 口說 ☐ 寫作 ☐ 其他＿＿＿＿＿＿＿

7. 通常您會透過何種方式選購語言學習書籍？

　　　☐ 書店門市 ☐ 網路書店 ☐ 郵購 ☐ 直接找出版社 ☐ 學校或公司團購

　　　☐ 其他＿＿＿＿＿＿＿＿

8. 給我們的建議：＿＿＿＿＿＿＿＿＿＿＿＿＿＿＿＿＿＿＿＿＿＿＿＿＿

＿＿＿＿＿＿＿＿＿＿＿＿＿＿＿＿＿＿＿＿＿＿＿＿＿＿＿＿＿＿＿＿＿

喚醒你的英文語感！

Get a Feel for English !

喚醒你的英文語感！

Get a Feel for English !